当代著名作家美文自选集

每一滴露珠都是草的亲人

叶浅韵 著

中国社会出版社
国家一级出版社·全国百佳图书出版单位

图书在版编目（CIP）数据

每一滴露珠都是草的亲人／叶浅韵著.—北京：中国社会出版社，2019.3

（当代著名作家美文自选集／凌翔主编）

ISBN 978-7-5087-6133-6

Ⅰ.①每… Ⅱ.①叶… Ⅲ.①散文集—中国—当代 Ⅳ.①I267

中国版本图书馆 CIP 数据核字（2019）第 049088 号

丛 书 名：	当代著名作家美文自选集
丛书主编：	凌　翔
书　　名：	每一滴露珠都是草的亲人
著　　者：	叶浅韵

出 版 人：	浦善新
终 审 人：	王　前
责任编辑：	张　迟

出版发行：	中国社会出版社　邮政编码：100032
通联方式：	北京市西城区二龙路甲 33 号
电　　话：	编辑室：（010）58124856
	销售部：（010）58124848
网　　址：	www.shcbs.com.cn
	shcbs.mca.gov.cn
经　　销：	各地新华书店

中国社会出版社天猫旗舰店

印刷装订：	北京楠萍印刷有限公司
开　　本：	165mm×230mm　1/16
印　　张：	16
字　　数：	230 千字
版　　次：	2019 年 5 月第 1 版
印　　次：	2019 年 7 月第 2 次印刷
定　　价：	49.80 元

中国社会出版社微信公众号

叶浅韵,曾用笔名:大彩。云南宣威人。中国作家协会会员。鲁迅文学院第 36 届高研班学员。获十月文学奖,滇东文学奖等。已出版个人文集 4 部。

目录
Contents

第一辑　棘心夭夭

我妈喜欢 / 003

头羊的故事 / 006

六斤 / 009

思念，寄往何处 / 013

母爱的硬度 / 016

想念奶奶 / 020

香案 / 023

燕子飞来 / 025

习惯了不用爱你 / 028

大山的馈赠 / 031

从祖母的秘密 / 034

异国他乡丢了娘 / 038

第二辑　南有乔木

青的少年，黄的原野 / 043

土豆的 N 种吃法 / 048

憨二叔 / 052

村庄与我 / 055

来自故乡的标识 / 058

看不见的仇恨 / 062

我喊你爹的名字 / 068

乡村里居住着的善良 / 071

山洞里的秘密 / 074

墓碑上的谎言 / 078

话说"猪"事 / 081

故乡的竹 / 086

摆白 / 089

西泽人的柿花情 / 092

第三辑　鸟鸣嘤嘤

从霓虹到月亮的距离 / 097

2018 新年贺词 / 100

放逐 / 102

你若盛开，清风自来 / 105

浮生一记 / 108

来不及说再见 / 111

那么帅的哥 / 113

女人之美 / 116

试着飞翔的姑娘 / 118

追忆似水年华 / 122

最美的女人 / 125

书香伴流年 / 128

百丈冰前花枝俏 / 132

第四辑　杨柳依依

花小沟的春天 / 137

等你入画来 / 140

东山上的尖叫 / 144

昆明的冬天不寂寞 / 148

陌上花开缓缓归 / 151

袅娜人间绝世姿 / 154

恰似丽江秋水 / 158

如梦园记 / 162

杉木河漂流记 / 166

一座山的高度 / 170

雨中漫步美奂湖 / 173

约会罗平 / 175

愿随百鸟，再到湄江 / 178

第五辑　悠悠我心

桂花闲落一径秋 / 185

我们也曾是"冰花"少年 / 188

献给英雄的挽歌 / 191

幸福是个比较级 / 194

悟道人生 / 197

我在你那里是什么版本 / 200

请把戒尺还给老师 / 203

人生最难过的两道关口 / 207

朋友圈是个小社会 / 210

他们死了，我们还活着 / 213

第六辑　月出皎兮

春天的开学寄语 / 221

高考不是独木桥 / 225

街道拐角处的幸福 / 227

富人的生活 / 230

姑父的神秘黑皮包 / 232

就这样活着 / 235

那一年我中考 / 237

娘和她的土地 / 240

银杏为什么不叫金杏 / 243

| 第一辑 |

棘心夭夭

我妈喜欢

世界上有一种喜欢，叫作我妈喜欢。但我妈喜欢我的方式我很不喜欢，好在，她太忙了，要侍弄十几亩地和十几头猪，实在没工夫仔细地喜欢我。她曾在我三岁的时候承诺过要做一条花裙子给我穿，事实上，到我三十岁时，她才想起这件事。更别提我额头上手臂上脚上留下的疤痕是何年何月的事儿了。

我妈起早贪黑地忙呀忙，折腾地里圈里的活路，逢上赶集的那一天，把地里和树上那些蔬菜和果子，都搬到街上换钱去，甚至家里任何一只老母鸡的屁股都没逃过我妈的眼睛，硬是把一个九口之家折腾成了村庄里先富起来的人家。

她太忙了，忙得从不关心发生在我们身上那些有趣的或是悲伤的事情，但对我们的考试成绩却异常关心。我妈喜欢我考得好成绩，但即使是我考得全班第一她也从不肯表扬我，还怀疑我照抄别人的。更别提我考不好时，她总是风风火火地拉起我长满肉刺的手指，或是指着我大脚拇指露馅讨饭的鞋子，骂我贪玩。我家后门口被我爬得光滑的石榴树和柿子树，它们都是我过度贪玩的罪证。

她喝令我们干活的声音很大，常常还在被窝里就心惊胆战地爬起来，要么跟着她下地，要么跟着她上山。她做什么活都手脚麻利，所以在她嘴里我们都是些偷奸耍滑的货。她总是说我野马山丘的，不如隔壁的四姐姐那样看门像把锁。

每年冬天，别人都不忙了，我妈还在忙个不停，楼上那台老掉牙的缝纫机嗡嗡地响，全村的衣服裤子都经过她的手裁剪。待别人家的活计做得差不多的时候，她也帮我们姐弟做新衣裳，但她总是嫌弃我们长得太快了，一边量一边轻骂，直到她的小儿子说，难道你希望我们长成邻村某某（其人是个侏儒）的样子吗？她才闭上了嘴巴。

我十五岁那年以优异的成绩考取了中专，成了村里第一个可以端铁饭碗的人。我妈大喜过望，一副不知道要怎样表达对我好的样子。一会儿问我要吃洋芋吗，一会儿又问我要吃鸡蛋吗。她对我一好，我反倒不知道该怎样去面对她，所以她问的我全然都不要。我妈有时忍无可忍的时候就说一些决绝的话，她说她麻麻肚皮舍了吧。当然，无论如何她也不会舍弃我的。且不说我给她带来了无比的荣耀，让她在村庄里的地位一下子变得更加不可动摇。最关键的是我一定是她亲生的，而非买一赠一的赝品。

我对我妈的这些对抗情绪，丝毫不影响她在村庄里的风光，所以她忍受着我，以她喜欢的方式来爱我。哦，不，在村庄里，爱这个字是从来不被提起的。我们从来不赤裸裸地说这些让人难为情的话。以致在开学临近的时候，我对我妈想要送我去学校的愿望表示了强烈的抗议，并无所顾忌地威胁她，如果她要送我去学校，我就不读了，吓得我妈花容失色。那时，我妈绝对可以配得上这词，她才三十五岁，是这里远近闻名的美人。我爸义不容辞地承担了送我去学校的重任，我妈没有什么失落的表情，而我连看也没看她一眼。

四年的中专生活，大多是我爸来看望我。我喜欢我爸宽厚随和的性格，就是不喜欢他总是纵容着我妈，竟然还由着她与我爸的表兄弟们拼酒、猜令、大笑。也太肆无忌惮了，却还要天天说我没点女娃子的样，不是爬高上低，就是捉鱼摸虾的。终于有一次，我妈还是忍不住来学校看了我一次，见到她的那一刻，我的心突然就软了下来，从前的那些对抗细胞完全不见了。我下课时，她正安静地坐在花园里织毛衣，美美的样子，同学们都说是我姐，一点也不像我认识的我妈的样子。

待我们姐弟四人都从村庄里一个个走出来的时候，我妈也渐渐老了，就连我也显得有些老气横秋了。我妈不再高声地呵斥谁了，年轻时的急躁和暴戾荡然无存。然而，令我害怕的是，这些东西却在我身体里居住着，一不小心它们就会钻出来吓人。这让我时时感觉到遗传基因的强大和无奈。好在，我知道了修炼这种词，我常常在身体里自残，坚决地绞杀它们。

年轻不懂事时，一直觉得我妈喜欢的和我喜欢的永远是一种冲突，我唯有逆着她，才有存在感，才会让她感知我一直存在。如今阅尽生活甘苦，知道了我妈的千恩万好，再不敢有丝毫违抗。我更显得像个听话的孩子，我妈也更显得像个慈祥的妈妈。在以后的日子中，我愿意百般依顺我妈，只要她喜欢的，就是我喜欢的，选她喜欢的话说，做她喜欢的事，觉得能让我妈喜欢真好！

头羊的故事

小孩子们一起玩，总免不了要争吵，可我不明白的一件事儿是：为什么每次我和弟弟妹妹们起了争执，父母总是责怪我甚至打骂我？当我委屈地钻进奶奶怀里哭时，奶奶总是摸着我稀疏的"黄毛"，跟我讲"一只羊过河，十只羊过河"的故事。奶奶的意思是，要我当好领头羊，做弟弟妹妹的好榜样。

那时我还年幼，不晓得这"头羊"的作用究竟有多大。直到有一天，妈妈带我去河边洗衣服，三叔正赶着一群羊过河，羊向来胆小怕水，只见一只羊在三叔的吆喝声中试探着下了水。后面的羊仿佛忘了胆怯，就那么跟着它下到水里，虽然它们左顾右盼的，依然怕得咩咩叫，但还是在头羊的带领下蹚到了河对面。看着远去的羊群，我似乎明白了奶奶的道理。

小时候，妈妈是严厉的妈妈，奶奶是慈祥的奶奶，我，则是永远叛逆的我。直到一次，我无意中听到妈妈和奶奶的对话，她们说我长大了，知道努力了，知道照顾弟弟妹妹了……惭愧和感动中，我停止了义无反顾的叛逆，不再和妈妈作对，有时间就辅导弟弟妹妹学习，还以优异的成绩考取了中专，成了村里第一个吃"公家粮"的人。就这样，十五岁的我，背着行囊开始了异乡求学之旅，用妈妈和奶奶的话说就是，给弟弟妹妹们开了个好头。

走上工作岗位那年，我十九岁，大弟正上高中，照顾他学习生活的任务被我包揽了。记得那几年，为了跟大弟倾心畅谈，我褪尽一身的淑女范儿，变得大大咧咧的，真正当起了"大哥"。后来，大弟上了大学，小弟也考取了师范专业，等妹妹进城读高中时，我已有了自己的"蜗居"。于是，妹妹的吃住又被我包揽了。为了照顾好她，粗心的我一下子细腻起来，还常被闺密们笑话："什么时候变得婆婆妈妈起来了？"

弟弟妹妹们常说，从他们读书求学，到后来找工作、谈恋爱，再到结婚时买房买车，所有人生的重要时刻，总有我这个大姐的身影。是啊，哪一样要是少了我的参与，我自己就坐不住了，累点儿也觉得踏实。尤其在父亲去世以后，这种感觉，更加强烈起来。

如今，弟弟妹妹都有了自己的家庭，在各自岗位上都很出色：大弟当了中学校长；小弟组建了篮球俱乐部；妹妹是优秀的平面设计师。逢年过节，我们一大家人回到老家，看着妈妈高兴地忙出忙进，幸福的时光，在小院里静静绽放，就像妈妈养了多年的扁竹兰，娴静的欢喜，悠然的满足。

在弟媳妇娇嗔地要钻进妈妈被窝里暖暖时，在小侄女们搂着我脖子撒欢时，我也会遗憾：要是爸爸还在，该是多么完整的幸福呀！也许这时，我的眼中会有一种特殊的情愫，而这情愫，在我看向弟弟妹妹时，瞬间即被感知。我们总会给彼此一个相互勉励的笑容，这笑里的深意，也只有我们才懂得。我们都没见过爸爸老了的样子，这是我们一生的遗憾，如果爸爸能看见他放牧的这群"羊"，都找到了水草丰美的地方，都过上了幸福和美的日子，他会多高兴啊！

在儿子和小表妹们争吵时，我也像妈妈当年那样责怪他，他委屈地说："为什么总是我的错啊？"我说，外婆养育了四个孩子，我们是兄弟姐妹，是打断骨头连着筋的亲人，走到哪里都丢不下。到了你们这一代，独生的子女没了兄弟姐妹，表兄妹就是最亲的亲人了，你没有理由不带好她们啊。于是，我也一只羊、两只羊，讲起了当年的故事，儿子听完后，似懂非懂地点了点头。

是啊，羊年了，我又想起自己曾是一只"头羊"的故事，总算没有辜负家人的重托，让弟弟妹妹们一个个顺利地"跟过河来"。愿我们这一大家子，天天美洋洋，处处喜洋洋，好让妈妈、孩子们的外婆，每天都得意扬扬的！

六 斤

六斤是我大爹，与我爸一奶同胞的哥哥。我爷爷奶奶是在生养了好几个女儿之后才有了我大爹的，到我大爹出生时也就只养活了其中的两个女儿，这香火就显得弥足珍贵。心中的喜悦让他们难于言表，据说他们把刚生下来的婴儿洗好包裹好以后，与一双厚实的草鞋绑在一起用秤称了一下，足足有六斤重。于是乎，除了大名按字辈取为荣，意为增添荣华之意，还取了个娇气的小名"六斤"。这确实是一个聪明伶俐的娃，因为他的到来，冲淡了奶奶心中多年来屡屡痛失孩子的郁结。

在大爹三岁那年，村庄里死了个高寿的长辈老人，正值夏天，天气少有的炎热，入土为安的日子就长了些，十一日之后才是上山的吉日。棺材里的异味已经很重，重得人们都上不得前了。我爷爷作为主事的提吊（办丧事的总指挥），要负责一应调度，每天都要闭着一口又一口的气，在棺材前面帮主人家忙活。到了上山的那天，天气热得透不过来，棺材里已经有东西流出，只能用一块塑料布包裹着棺材。按礼俗完成过棺的仪式以后，女儿家背着过河酒，要送老人上山了。我大爹就是在那时哭着要找爹的，我奶奶抱着他，穿过一道狭长的巷子，再过一道宽大的门路，就能看见正在忙活的我爷爷了。没想到的是，我大爹的头一歪，就人事不省了。我奶奶吓得大惊失色，大哭大喊，我爷爷奔命地跑了过来，多少人围着这孩子又是呼又是叫又是摇又是晃又掐人中又掰眼皮的，始终不见他醒过来，用手探探鼻息尚在。人们一致认为这孩子是遇到了什么不好的鬼神了，就赶紧请来那个会使法术的道士，端着一碗水在他的头上碎碎念。道士的两个指头，疾疾地飞向东南西北，终是不见附在他身上的鬼神散去。这可急坏了我爷爷奶奶，我爷爷手一挥，说，负责起重上山的人，背纸钱香火的人都各行其是，各司其职，按吉时上山。得令的人们纷纷忙活去了，只剩下几个老弱妇孺们在想着各种土办法。半个时辰过去了，孩子还没有醒来的迹象。不知是谁想起当过保长的大爷爷有一支火药枪，鬼神们不怕法术，但一定怕这声响大的东西。这主意居然得到了已是六神无主的我爷爷的支持。于是，大爷爷拿来那杆长长的火药枪，斜斜地从孩子的耳根过去，向着天空连放了两枪。孩子像是受了什么惊吓一样，一下子就醒了过来，他朝四周看看，然后又闭上了眼睛，一摇一晃又睁开了眼睛。这孩子醒了，还活着，这让我爷爷奶奶对我大爷爷感激涕零，感谢他和他的火药枪救回了他们孩子的性命。

没过多久，他们越来越发现，这个醒过来的孩子好像是魂儿不在了，目光呆滞，言语不畅。他们还是坚持认为是什么东西带走了这个孩子的魂魄，四处请神送仙，又是跳又是驱，巫术道术用尽，还是无法还给他们一个正常的孩子。直到七八岁了，这个孩子还不能独立穿上一件衣服，终于教他学会穿裤子了，他还常常把裤子穿反了，就连分辨鞋子的左右也显得那么吃力。我爷爷奶奶才彻底地认识到他们的儿子已经被那火药枪震得产生了严重智力障碍的现实。我奶奶走着哭，坐着哭，白天哭，夜晚哭，直到把眼泪都哭干，把自己哭成一个病人，还是无法改变些什么。她拖着一个病怏怏的身体，又生下了一个儿子——我爸。这时，我奶奶的喜忧都变得十分无力了，她成了一个时刻需要人照顾的病人。某天，有人从很远的地方来到村里，见到躺在床上的奶奶时很惊讶，说在她来的路上，就遇见奶奶穿着一身青衣，顶着一块蓝色的头巾,与她打招呼也不理,径直往前就走了。才过两天,我奶奶就死了。这一年,她才三十九岁,她怀里的奶娃娃还不满一岁,正四处哭喊着要找娘,要吃奶。

失去女主人的家,除了满屋的悲伤,就是满屋的狼藉,外面是遍山满地的活路,屋内是嗷嗷待哺的幼儿和比幼儿还难伺候的大儿,及两个尚不懂事的黄毛丫头。这日子啊,走一步,心碎一步。疼痛天天有,苦楚时时在,咽下风,咽下雨,咽下卡在脖子的刺。我爷爷咬着牙齿一天一天地挨,只盼着这些娃娃们长大了,家里能换来些生机。爷爷满面愁容,时时叹气。好在,那么多的活路等着他。生活不容许他有太多的悲伤,总是追赶着他逼迫着他陷入无边无际的忙碌中。再难过的日子也得一天一天过,因为这是责任,这是命!我爷爷就这么一天天挨过了当爹又当娘的日子。

在我爷爷的百般努力下,到我记事时起,我大爹已经基本能穿戴整齐了,他还学会了一些活计:从河里挑水,去后山搂松毛,找猪菜,剁猪菜。即使是这些简单的活计,他也干得潦草不堪。但这已让我爷爷觉得很满意,也算是我们家不可替代的劳动力了。挑水,他总是舀些沙和水一起挑回来;找猪菜永远只认识其中的两三种;剁猪菜要不时指导他哪些还没剁细;搂松毛,倒是他做得最好的一件事,每天都能从后山背回满满一篮子来。有时还采些野果子回来,只是那野果子从他口袋里拿出来的时候,已然是面容不清了。曾有一次,他背着一篮子松毛回来,才十个月大的弟弟正坐在松毛草上,他一边走一边叫着走开走开,没等我妈把我弟弟抱起来,他一大箩子松毛已朝我弟弟倒了下去。我妈死命地刨开松毛枯叶才抱出哭得好声气都没有的弟弟。我大爹吓得不知所以,除了挨一顿骂,别的又能怎么样呢?那一天,我大爹像个做错事的孩子,阴沉沉地站在后门,我爷爷叫他来吃饭,叫了好几遍也不敢进门来，直到我爷爷拿起棍子装作要打他的样子，他才肯端起碗来。

有一天，我忽然发现我大爹是一个远视眼，他无法看清他身边的东西，总是像个瞎子那样，用摸的方式来完成。但似乎也不全是，有时又发现他能看见。也许是因为他熟悉的地方全凭感觉去摸索。这些我都无法再探究，因为那时我太小了，小得无法帮助一个有智力障碍的人。我长大后，专门为此查阅了一些资料，那应该是属于中暑的现象。而我爷爷和一个村庄的绝对愚昧，却不由分说地葬送了他的一生。这世界，没有哪一个父亲要加害自己的孩子，能加害于人的，只有愚昧和无知。这一切所带来的后果，我爷爷凄苦地尝了一生，至死也不能瞑目。

我一直错误地以为我大爹没有正常人的爱的能力，后来发现我错了。村庄里曾经有一个小伙伴要欺负我弟弟，我大爹刚好路过看见，他像是疯了一样，立即举起那个孩子，又是撕又是打的。在别人的制止下，好不容易他才放下那个孩子。村庄里有爱开玩笑的人，一见到我大爹就爱逗乐他一个事，天天说同样一句话：小六斤，我带你说媳妇去。他也永远是一样的态度，总是吓得立刻就要奔跑，赶紧找个地方躲起来。他们就像是玩猫和老鼠的游戏，永远都不生厌。我从未听见过我爷爷动过这样的念头，但我知道我弟弟是动了这样的念头的。每年清明节，跪拜完我大爹以后，我们会在他坟前说上几句话。我弟弟说，若是大爹有个媳妇就好了，也许他就能有自己的孩子，最多傻点笨点，那我们也可以帮助他们呀。血浓于水的亲情，在那一时刻，就点点滴滴融化了。

我大爹在他四十一岁那年，死于一场疾病。他急匆匆地走完了他悲情的一生，像是来这个世上还一笔糊涂账一样，轻轻贱贱地告别了这个愚蠢的世界。

思念，寄往何处

许多封来信摆放在桌上，我一拆开信封，父亲的"生活"就一一掉落下来。普普通通的琐事，娓娓慢慢的述说，让我眼里的潮热不断涌起。

父亲说苞谷歉收了，烤烟被冰雹打了，弟弟妹妹们的学习进步了，年猪要等我到家才杀。最不会忘记交代的，就是学习搞好身体搞好，别太亏待自己，该花的钱一定要舍得花……父亲写这些信的时候，我还是个不谙世事的少女，正远离家乡求学。信，是我与父亲、与家乡联系的纽带。

父亲的笔迹沉静地散发着久远的墨香，或是潦草急急的回复，或是缓缓絮絮的叮嘱，由一张简单的邮票传递着温暖的信息。可如今，我只能触摸到想念与哀伤，点点滴滴落入心中。我好想如那些年一样给父亲写一封回信，让一枚两角钱的邮票送去我的欢乐与哀愁。

回信的纸笺就摆放在桌上，而我的笔再无法落上一字。因为让我回信的地址，已变成了天堂的某个地方，也许天堂就在我抬头仰望的蓝天深处，或在我心底种植的丁香花前。而母亲说，天堂在一把纸钱焚化的地方，在缕缕青烟冒起的地方。

倘若真是一把火可以抵达的那个地方，未免显得荒诞，而长流的河水又怕它们找不到父亲的故乡。我要给父亲写的信，只好一直压在心底，像一块永远都无法落地的石头。

父亲的这些来信被我放在一只箱子里，我觉得，只要我一直拥有这些来信，就永远都是被父亲疼爱的孩子。后来，箱子实在太旧了，那些来信又被我装进牛皮袋子里，打开袋子，它们像一只只慵懒的鸽子，任由我爱抚。这封信里装着父亲的希望，那封信里装着父亲的欢喜，鼓励的语言像一条条细细的小鞭子。一如小时候，它们轻轻地掠过我的皮肤，才让我痒痒的，怕怕的，它们又走开了。这些年来，再没有人以这样的方式爱过我了。父亲，再没有人愿意像你这样把我捧在手里，把我放在心上，怕飞了怕化了。

父亲，我想你的时候就会翻阅这些来信，当窗外的白鸽飞过时，我多想它们的口里正衔着你的来信，那种清晰地写着你的地址的来信。我的想念可以翻越万水千山，一头扑进你的怀里。在你离开不久的那些日子里，我曾死死地抱着那床有你体温和味道的棉被不肯松手。那些年，一直都是你在抱我。父亲，这一次，我要好好地抱着你，轻轻地抚摸着你花白的络腮胡，抚摸着你深深的皱纹。可是，父亲，我无法想象你老了的样子。你走的时候，青丝未白，皱纹浅淡呀，父亲！

父亲，我太不想长大了，一长大，我就失去你了！一个失去父亲的孩子，她衰老得多快呀。她要毫无选择地接过你手中的责任，要顶天立地试着站起来，成为一棵伟岸的树。父亲，没有你的地方，我的疼痛就没有了肩膀；没有你的地方，我的苦累就没有了依偎。

满大街的父亲，他们中没有一个是你，父亲！然而他们的身上却常常会有你的影子，让我在一顶鸭舌帽里，一根旱烟袋里，一片络腮胡里，频频驻足回头，频频悲伤难忍。看着他们头发花白步履蹒跚的样子时，我多想有一个这样年老的父亲，他一直陪伴着我，守候着我的年年岁岁。

父亲，我的脸上长着你的鼻子，你的眼睛，还有你的嘴巴，他们都说我长得太像你了，他们又说长得像父亲的女儿会十分有福气。可我为什么偏偏就失去了这么重大的幸福，让我只能在一堆你的来信面前悲伤，为找不到一个回信的地址而伤心哭泣。十年了，父亲，我一直没有你的音讯，我要给你写的信，它将寄往何处呢？

母爱的硬度

一个十九岁的妙龄姑娘带着一岁多的妹妹出嫁了。唯一的嫁妆是手里挎着的蓝包袱,那里面有一个姑娘一些简单的居家小物品。没有白马也没有轿子,新郎的面容也像天空那么灰暗。她极不情愿地向前走着,她知道再叛逆的言行也拗不过父母之命媒妁之言。蹚过前面这条河,也许会有一片新的天地。

这个人一年后成了我的母亲。在我的记忆中,她梳着长长的大辫子,明眸皓齿,伶牙俐齿,手脚麻利,高兴时会哼哼着小曲。我更多的时候是依偎在祖母的身边,看着她忙碌的身影。

关于母亲的很多故事我都是从祖母的口中慢慢得知的。长大以后我甚至忘记了母亲怀抱的味道,回避和拒绝她任何形式的亲近和主动示好,似乎只有对她对抗着、沉默着、屈从着才是我与母亲之间最恰当的距离。

母亲有姐弟八个,她在家排行老二。在那些艰苦的日子里,外婆坚持让自己的孩子认些字,但是不肯让孩子念更多的书,用外婆的话来说只要不成为睁眼瞎就行了。母亲上中学时外婆就以烧毁课本或是打骂的方式,想要结束女儿对学习的渴望。外婆哪里料到这个女儿像一棵顽强的小草那样,即使没有春风吹过,她也暗长绿色。

母亲以帮人做零工或是上山采药的方式自立了,外婆再无二话。后来,外婆生下了最后一个孩子,因为是女儿,外婆再不肯面对那个小生命的啼哭,态度决绝地想要丢了这个孩子。真是可怜了我的外婆,她的无奈我是多年以后才懂得的，我想这世间若不是有太多的不得已，绝没有哪一个母亲愿意抛弃自己的孩子。

外婆的二女儿站出来，笨拙地用破衣包裹着冻僵了的孩子。外婆还是坚持把孩子送人，可在那贫穷的年代有谁愿意再添一张吃饭的嘴呢？这孩子就成了一个卸不掉的包袱，时时绑在二姐的身上，并且不能有任何怨言。连同出嫁也得一并带去，后来母亲接二连三有了自己的孩子，快到小姨上学的年龄了，母亲才把她送还给外婆，并许诺愿意一直支付学费。

母亲屈从了婚姻，但一直不肯向命运下跪。她向命运抗争的第一步，是对家庭的收入进行重大改革。她冒着被割资本主义尾巴的危险，贩卖些鸡蛋玉米糖之类的东西，步行四十公里的山路到城里，换得些零花钱，以贴补家用。天阴下雨的日子她就在家为乡邻们裁缝衣物。哦，对了，这缝纫机是当年她对婆家提出的唯一要求。祖母说她几乎变卖了家里所有值钱的东西。

母亲很勤快。她种的菜总是比别人家的高出半指，她养的猪总是比别人家的膘肥体壮，她织的衣服总是比别人家的光鲜亮丽。她用一双灵巧的手织出波浪花纹的紫色毛衣，如今我都还记忆犹新。卖菜这行当后来成了她的一种主业，她把几亩地全部改为菜园，起早贪黑精心地料理，背到离家十里的集镇上去卖。她不仅让家里的日子日渐富裕，而且带动了全村的妇女种菜卖菜。

家乡山水秀美，唯一奇怪的就是我们那个小村庄，水是人们心中的隐患。到了干旱时节，村里人的饮水都是从村后那个山洞里取的，要点着火把或是手电筒顺着石级下一百八十级，才能到达取水的地方。我才五六岁的光景就背着个塑料壶跟在母亲后面去背水了。村里的小伙子们成年时去村外提亲，总是遇上饮水难这个大问题。很多姑娘都不愿意嫁到这个小村来。当然，嫁来的姑娘都是通情达理的有辣劲的主儿，她们说人家祖祖辈辈都过来了，还怕自己不能适应吗？以至于在我生活的小村庄，我见不到低眉的女人，她们总大声阔嗓地说话，雷厉风行地走路做事。

　　让乡邻们奇怪的是，这个缺水的小村庄居然是集镇上卖菜的大户，那时在集市上卖菜的人十有八九都是我们那个小村来的。母亲种着三亩菜园，都说是一亩园十亩田，她的肩膀因挑水而被压得严重变形。她常常凌晨四点就一个人去担水浇菜了，村里懒惰的大娘总要说她吃不上水是因为母亲把一洞的水挑干了。以前我听了这话总是很气愤，现在想来却是很心疼很心酸。

　　母亲除了种菜还大搞养殖，圈里养着十多头猪，猪菜的事情分配给她的孩子们，找柴火的事情她亲自带领孩子们去山上，在她锋利的斧头下，不一会儿工夫就能满载而归。我总是不能忘记我们弱小的肩膀上不堪重负的担子，行走在山路上。母亲巴不得一次就把山背到家里。我发出怨言与抗议，母亲总爱骂我偷懒，并立刻能举例我的小伙伴们谁比我还小但背得比我还多。

　　母亲的这些辛劳，让一个家过得红红火火，这让她在家里的地位显得至高无上。连做过村长的爷爷也凡事要征求她的意见。父亲生性宽厚，愿意包容着母亲的一切。母亲做事说一不二，火着枪响，她扛着犁头就能下地使牛，鞭子高高地扬在手里，一点也不比任何男人逊色。

　　母亲对孩子的教育是从来不肯松懈的，总是严厉地要求她的每一个孩子。常常是我们在外犯了错回来，劈头就会挨一顿棍棒，等父亲回来也许还会第二次挨打。我们家的正门背后竖着一根根细细的棍子，那是她的家法。它们侵略过母亲每一个孩子的身体，一棍棍抽下去，先是白白的一道道的痕迹，后已分不清痕迹间的距离。她永远奉行"棍棒下出孝子"的理念，遵行"小树不剪不成材"的成长规律。

母亲给我的爱总是很坚硬，她除了不断地要求与责备，就是严厉地对待我们。她的每一个孩子都是六岁就被送去五里外的学校接受启蒙教育。她喜欢关心考试的结果。每一次我考得九十分以上，她总是要怀疑我是抄袭别人的，即使那已经是全班最高分。如果偶然考低了，她定会拉着我脏脏的小手，指着我破了的脚尖，责骂我是个贪玩的孩子。

母亲高高地扬着家法，训斥我、恐吓我说："你不好好读书，就别想以后过上好日子！升不了学就回家种地，等将来我把你嫁到大山里去。"那时候的我心里充满了对未来的惶恐。祖母常常一把将我拉进怀里，母亲不高兴地说这孩子要是将来不成气候定是祖母的责任。扔下些伤祖母的话，她一溜烟又到她的地里去侍弄她的白菜黄瓜们了，我想它们看到母亲的温情定是比我们多多了。祖母总是一边抚慰我一边给我讲"一只羊过河，十只羊过河"的道理，鼓励我做好领头羊，给弟弟妹妹们做出好榜样。

母亲的四个孩子一个个变成凤凰飞到了梧桐树上，她暴力的教育模式迅速在周围的村庄里推广开来。这时候的母亲再没有举起过手中的棍棒，说话的声音也日渐温柔，甚至偶尔会当面表扬下我。我在不知所措间眼里装满了泪水，我知道那是一种久违的情愫。

我一直不敢把心底对母亲的这种敬畏以恰当的方式表达出来，哪怕是在文字里。从小到大的作文里，一次也没有过关于母爱的记载。对于我的母亲我是羞愧的。我安然地享受着她的付出，习惯地接过她的给予。总是不敢离她的怀抱很近，怕她坚硬的壳刺伤了我的身体。于是，我与母亲就习惯了以一种特殊的方式对峙着，直到我有了孩子。

回忆是一场温暖的绽放，多年以后，我才明白正是母亲有硬度的爱，抚平了我内心所有的脆弱，给了我足够的坚强。

想念奶奶

站在奶奶的遗相面前，我长久地静默着。她安详的面容，无论我从哪一个角度看去，奶奶总是在看着我，又像是在对我无声地诉说着什么——嘱咐我过马路时要小心，安抚我受伤时的眼泪，轻责我做事的粗心……

我跑到后面的竹林里，那块巨大的石头上分明还坐着奶奶的影子，那根陪伴了她多年的拐杖安静地躺在那里。忍了又忍的眼泪，呼啦啦流下来。我知道，这个世界上再没有一个人像奶奶那样全心地爱着我的点点滴滴了。

我从出生开始，就在奶奶的怀里安睡。我疼了痛了哭了，都让奶奶操心。长大后，我胖了瘦了美了，都让奶奶牵挂。我前进的每一步，都有奶奶的影子。

我习惯了在进门时呼唤一声"奶奶"，无论她在哪个角落里答应，有奶奶在家的日子，我总是那么安心。即使问妈妈的第一句话，也是"妈妈，我奶奶呢？"她变着花样做各种点心给我吃，帮我洗衣做饭剪指甲，没有人的时候，她还教我唱些婉转的调子。我就是她的影子，她走到哪儿，我跟到哪儿。

奶奶的小脚是标准的三寸金莲，按当时的审美标准，她是当之无愧的美人。遗憾的是奶奶四十多岁的时候不小心摔了一跤，股骨脱位后没有得到及时复位，一生就与拐杖结下了不解之缘。她洗脚的时候像是在尽力收藏着一个巨大的秘密，总是禁止别人在场，除了我。那长长的白色裹脚带子，一道一道地缠上去，裹住她那双变形了的小脚。哪怕是一个小小的细节，她也从不马虎。

奶奶有一手好的刺绣手艺，那些花花绿绿的细线，她一变戏法就成了栩栩如生的花鸟虫鱼。奶奶那只古老而破旧的箱子是她的聚宝盆，里面有些古老的钱币、银首饰、铜器，她甚至一直收藏着我小时候戴过的一顶漂亮的风帽。

我离家在外求学时，奶奶总是把很多东西留着给我。听说我要放假了，她尖着小脚忙出忙进，对我妈说这是她爱吃的，那也是她爱吃的。我一进家门，她巴不得把所有的东西都往我嘴里送，从她的宝贝箱子里拿出各种蛋糕、核桃和糖果，有的甚至早已过期了。

我一参加工作就把奶奶接到城里，白天上班，晚上借了邻居大娘的三轮车，带着奶奶四处转悠。奶奶像个孩子似的，好奇地问着许多问题。在繁华的霓虹灯下，奶奶笑得很幸福。她傻傻地说，这种好日子怕也是到尽头了吧。在奶奶眼里，这是天堂里的时光。

我结婚了，奶奶说她的孙女儿是只刚兴家搭窝的小鸟，要一切节俭，对我买给她的任何东西，她都要追问价格，并连连说贵了贵了。我曾买过一只玉镯给她，她钟爱有加，即使大小不是那么合适，她总是一直戴在腕上。奶奶说，女人就要环佩叮当才好看。

爱干净的奶奶，乡邻们形容她最常用的一个词语就是：青衣蓝秀。直到她九十高龄卧病在床，哪儿也去不了时，奶奶也依然很讲究。我帮她洗脚时，她指挥着我帮她缠带子，哪怕一个细微的褶痕也不肯放过。

我有了孩子，回乡看奶奶的次数越来越少了，可她清楚而准确地记得我回家探望她的日子。有一次我有一个多月没回家了，一推开家门，奶奶高兴极了，她喜笑颜开的脸，像一朵美丽的鲜花，连皱纹里都散发着芬芳。她拉着我的手说:"宝呀,你已经有一个月零十一天没回来了。"我的眼泪霎时就落了下来。奶奶是多么在乎着我呀,她日日夜夜地想念着盼望着我回家呀!

奶奶是爸爸的继母,可在这个家里,早已没有一点亲疏远近的距离了。在我眼里,她就是这个世界上我最亲最亲的奶奶。

分明我还是在奶奶怀里蹭来蹭去的野丫头,奶奶一边摸着我的头一边对我说着"一只羊过河,十只羊过河"的道理,要我当好姐姐,做好领头羊,给弟妹们做出榜样。如今,我们这群小羊都一只只过河了,去了对岸水草更丰美的地方,有了自己的领地和家园。奶奶却撒手去了,这一去,宛如割了我心头的肉,让我鲜血淋淋地疼痛了许多年。

每年清明,奶奶放牧的小羊们从四面八方赶了回来,一齐聚在奶奶的坟前,说些家常话。我知道,我们的奶奶,她一直在微笑着听我们说话。

香　案

楼上有一张桌子，自小我就知道，那叫供桌。桌子陈旧古老，早已看不出它本来的颜色了。那是一种经过很多岁月抚摸之后呈现出来的，看似朴素，却隐藏着无限厚重和神秘的色调。它沉重得我不敢亲近，它神秘得我很想走近。

供桌上有一个香案，有时它沉默着，宛如它的身世一样，深不可测。有人说它来自清朝官家，也有人说它不过是民国年间某个窑子里的普通产物。总之，它来我们家许多年了，自我父亲的父亲的父亲开始，它们就一直供奉在案前。有时香案里香雾缭绕，透过袅袅的青烟，我仿佛看到我的祖先们和蔼亲切的面容。

香案的正前方，供着一方天地，正中央书着：天地君亲师位。两边放着两个巨大的青花瓷瓶，瓶子里插满扁柏树枝。每年春节，香案的事是头等大事，定由家里最有权威的人来完成，实际上他们不是爷爷就是父亲。仿佛这是一项光荣的使命，一旦有了这项权力，就意味着你成了名誉上的家长，可以享受着中国传统里的嫡系的荣耀。

父亲把擦洗花瓶的任务交给我，那时，我觉得是无上的荣光。我总是小心地清洗着灰尘，一遍又一遍，生怕有遗漏的地方。然后装上清水，再插上弟弟们从庙宇旁边那株古老的柏树上采来的柏枝，小心翼翼地把它们请上供桌。当父亲带着我们把香案前的事务打理完毕的时候，外面已陆续地响起了鞭炮的声音。香案前摆放着果子、茶、酒、饭菜，父亲说要让天地君亲师们和祖宗们一起欢度节日。今天的幸福都是拜他们所赐，忘记这些就等于忘本。我清楚地记得父亲认真地教会我们作揖叩首的正确姿势。

父亲虔诚地点上油灯，豆大的灯光里透出神秘，它们的位置是现代文明难以取代的。香案里燃着香面，那种直抵人心的气味，让人有种穿越时光的喜悦安详之感。

年初一至初三，香案前的斋饭茶酒，每天都被更新着。当父亲端下冰冷的斋饭，并对我们说吃那些饭可延年益寿的时候，他的眼睛里有被祖先们恩宠过的痕迹。为了这个美好的祝福，我们都争抢着吃。

后来，父亲的牌位也摆在了香案前，他的生卒年月，与他的母亲，也就是我祖母的生卒年月，都短得让人心痛。我恨这岁月的飞快流逝，恨这光阴的河东河西。它让这个苦难的家庭，在悲伤和淡忘悲伤的途中挣扎不息。

每年春节，仪式简约了，但虔诚的心灵是从来没有改变过的。我们从各处奔回来，母亲的心就安宁了。若是我们有异议，想说动她离开到别处去过年，母亲总是以香案前的事情来作为最有力的拒绝理由。母亲深信，她的每一次叩拜，香案前供奉着的天地君亲、祖宗神灵，他们一定会知道的。

燕子飞来

屋檐下，来了一双燕子。那时，我才几岁光景，与我一般大小的小伙伴有好几个。我们都对新来的客人充满了好奇，从它们衔泥筑巢开始，就蹑手蹑脚地守候在屋檐下，眼睛滴溜溜地盯着梁上的燕子。

起初，这对燕子对我们是有所警惕的，慢慢地，它们来去自如地穿梭于堂前，我们也不再一副"不敢高声语"的样子。甚至，我和小伙伴们去河里捧回河泥，用手圆成小泥丸放在窗前。我们希望可以帮上燕子们的忙，无奈常常被视而不见。

几天过去，它们的新居就落成了，一个泥巴堡垒悬在梁下，看上去像一个坚实的家，它们开始安然地在屋檐下当起了主人。看着它们飞出飞进的样子，生活就突地增添了许多欢喜。不久后，我们听到了巢里异样的叫声。小燕！正在吃饭的全家人一齐发出惊呼。仿佛是一个喜庆的日子，一整天家人和邻居们都在议论着燕子家的事。

有一次，一只幼小的燕子从巢里掉了出来，叫个不停，嘴巴上还有丝丝血迹，看着它可怜的小样子，真是把我们的心都弄疼了。弟弟小心地捧起毛茸茸的小家伙，站在凳子上轻轻地把它放了回去。我们让他悄悄地数数有几只小燕子，他用手又轻轻地伸进去，然后又紧张地缩回来，经过几次小心的试探，然后他向大家伸出了四个手指。

每每唱到"小燕子，穿花衣"这支曲子时，心里总会有十分的喜悦，眼里心里的画面全是屋檐下那几只可爱的小燕子。读到"旧时王

谢堂前燕，飞入寻常百姓家"这样的句子时，也难免会幻想翩然，莫名地激动。只因，我家屋檐下，有窝小燕子。

有一年春天，燕子们再也没回来，院子里的人们郁闷了很久。看见鸟雀飞过的身影，总要伸出头来看看，希望是它们飞回来了。遗憾的是，自那个春天以后，它们再也没来过。直到它们的巢慢慢地陈旧，脱落，被风吹得不剩一丝痕迹。

后来，我们也像那窝燕子一样，一个个地从那个院子飞走了。即使我们在过年过节时飞回，也很少有人再去提及那窝可爱的小燕子。忙碌的生活让我们都忘记了童年的欢笑，直到前年春天，屋檐下又来一窝燕子。看着它们刚垒好的新窝，我像发现新大陆一样，兴奋地打电话给弟妹们。说起童年往事时，我们都成了一只只快乐的小燕子。

母亲每次打来电话，也总免不得要说起那几只燕子，好像它们已经成为母亲的孩子。说完小燕子们可爱的身影，母亲开始讲它们如何不爱讲卫生，像个不懂事的娃娃，整个屋檐下的院子里都是它们的粪便。忽然有一天，母亲高兴地对我说，她趁着燕子们回巢歇息时，用一根木棍指着它们的巢，用严厉的语气说，若是再不肯讲些卫生，她就要捣毁它们的巢。奇怪的事情发生了，从第二天开始，所有的燕子都只在固定的地方拉屎。原来，它们真是母亲的孩子，完全可以被教化的孩子，就连恫吓的语气也颇似对待我们。

起初，我是有些将信将疑的，一再求证母亲。直到我回去看到的景象，真如母亲所言，它们选择了巢下面的那片小小的地方，作为它们的卫生区域。母亲打扫卫生就比从前方便多了，她也越发地喜爱家里这窝小精灵。每到一个地方，燕子就会成为母亲最兴奋的谈资，一说起来就滔滔不绝。

在母亲那里，我第一次知道，燕子是听得懂人类的语言的。从它们自飞入寻常百姓家开始，它们就习惯了在人屋檐下生活，久而久之，它们大概也真能懂一些语言吧。我一直在猜想，这窝燕子与多年前的燕子，它们会是同一支系吗？它们出去的时间久了，会不会也要飞回老家来看看旧时的亲友呢？

遗憾的是从去年冬天开始，有一窝麻雀捡了现成的便宜，它们迅速地成为巢的主人。有了这个安乐窝以后，它们愉快地度过了整个冬天。我以为到了春天，它们就要搬走了，那本来就是别人的领地。

今年春天，来了三只小燕子，它们蹲在屋前的电线上，从傍晚蹲到第二天清晨。我看看那些麻雀，它们正欢乐地叽叽喳喳，毫无意识到真正的主人来了。我的心里一阵辛酸，自然界与人何尝又不是一样啊。有人鸠占鹊巢，就会有人流离失所。又过了几天，那三只燕子又飞来了，它们依旧停在电线上，也许是留恋，也许是告别。第二天清晨，它们飞走了。此后，再也没有来过。我的心无限地惆怅起来。

习惯了不用爱你

桌上的菜上齐了，酒也摆好了，他呆呆地看着妻子忙出忙进的身影。往常，他早在享受着丰盛的晚餐了，妻惊奇地问，你怎么还不吃呢？他说，你还没给我筷子呢。妻轻笑着递过筷子，然后又忙着去张罗牲口们的粮食。

妻子知道，但凡上了餐桌，他必定就是家里的"老爷"，而他每每享受这样的待遇时，也从不会有些额外的客气或是礼貌。妻子习惯了这样的方式，每次在倒酒盛饭后，必定赶紧递上筷子，让他先吃。若是忘记了递上筷子，他一定一直端坐着，哪怕筷子就在他举手可得的地方，他也从不愿伸手。

有一次，他正在享用着他杯子里的小酒，妻胡乱地扒了几口饭，说要去街上赶集，三十里的山路，再晚了，就没车了。妻匆匆地交代了句话，吃完，你顺便把你的碗洗了吧。

晚上，妻一进家门就看见了桌上的杯盘，一个等饭吃的丈夫正在吸着水烟筒，眼皮也不抬地说，你总算回来了，我饿得前胸贴在后背上了。一向温柔体贴的妻子一下子没了好气，她说，如果我死了，你喝西北风去呀，让你洗个碗你都不会。他惊奇地抬起头来，一副无辜的样子，说，我洗了呀。

妻说，你洗了吗？在哪里呀？他指着柜子上那个碗说，你看，在那里呢。妻看着那只孤独的碗，哭也不是，笑也不是。原来，说让你洗了你的碗，你就真只洗了你吃饭那只碗呀。他说，是啊，你不是让我这么做的吗？你又没说让我全部洗了呀。

妻说，与你这样的榆木疙瘩过日子，我认了吧。但愿老天爷会保佑你，别让我死在你的前头，我怕我一死，你就得饿死。

一阵水烟筒的咕噜声传来，算是他对妻的应答。

他说不来什么温存的话语，也做不来什么能让妻子一下子就高兴的事，只好闷着头吸着那根长长的竹筒，烟经过他的嘴巴、鼻孔、两指之间，燃烧成一种叫作生活的东西。

他们相守在一起，早起日出，晚伴月亮，不知过了多少个春秋。孩子们一个个另立了梧桐树，他们依旧住在漏雨的老屋中，男的做些木活篾活，女的勤俭持家，他们早已习惯了长久以来形成的生活方式。

突然某天，妻说胸部疼痛，还来不及去医院，他眼睁睁地看着她死去，不到六十。他痛哭失声，他说老天爷呀，你睁开眼，别惩罚我们呀！她只是讲错了句话，你怎么就当真了呢？

送妻上了山，他大病了一场。儿媳女儿悉心地照顾着，他躺在床上，觉得这衣来衣不贴身，饭来饭不爽口。

病好以后，他吃起了轮饭，一个月在三个儿子家轮流吃饭，一家十天。吃饭时，他依然保持着一直的习惯，只要筷子没到他手里，他可以一直看着别人吃饭。

三个儿媳在一起的时候，总把这个当成笑话来讲，某天，不小心就被他听到了，他长叹了一声，老天是要作践我了呀。

从此，他谁家也不愿意去了，另起炉灶，自己学着做饭吃，稀饭干饭，面条土豆，不管什么，胡乱地填饱肚子。但他不管吃什么，总是要摆上两只碗，亲手递上筷子，自言自语地说，吃饭吧。

有一次，小儿媳路过门口，听见他说，老伴呀，我的好日子过到尽头了，你这一撒手，我样样得从头来呀。你在时，我不问衣食，觉得那是理所当然的享受。你走了，才发现，我亏待你太多了。来，喝口酒吧，你生前，我一口也没让你喝过呢。

大山的馈赠

深秋，野生菌该是落幕的时候了，偏又来了几个绵绵的阴天，悉数洒些甘霖。天放晴时，恰值周末。母亲说，这该是今年的最后一拨菌子了。近来，她赋闲养病，却终日记挂着山野田间的事。知晓她的心事，便匆匆带着她往山上去。

山上的母亲，顾不上腿疼，眼神机敏地从这棵树下移动到那边草丛，不一会儿工夫，口袋里已拾起好几朵菌子了。这边才听她说毒菌为什么总比食用菌多，那边又听她说，大茅草出穗了，好看得很。捡菌子是有讲究的，不能总跟在别人的后面，走别人走过的路，那是摊不上什么大好事的。我们散开一定距离，各自猫着腰，低头寻觅着。总免不了被蛛网措手不及地袭击，被小蠓虫不断骚扰，或是被倒挂刺、麻辣角们伤害。但这些都不足以阻挡我们采到山珍美味时的快乐。

随处都可见别人丢弃的菌脚杆，说明在我们之前已有许多人来过了。母亲说，偌大的山，千人有千份。果然，处处传来有惊喜的声音，小姑子竟然捡到了松茸，在绿苔重痕的地方，安静地躺着两朵松茸。这个在东京北京被卖出天价的东西，此刻就在眼前。小时候捡着鸡枞时，被巨大的幸福侵袭过的记忆，一时被重新激活了。我们的口袋里像开了张的旺铺，青头菌、牛肝菌、铜绿菌、鸡油菌纷纷收入囊中。

这座山上盛产一种叫黄毛草的菌子，味美可口，属于上品的菌类。奇怪的是，每朵都很小，娇小玲珑，丢丢秀秀的样子。比起以往在别座山上捡的同类菌子，它们显得太另类了，像是菌中小人国来的。一方水土养一方人，想必菌类也如此。我产生这种念头的当儿，夫君刚拾到一朵肥硕巨大的牛肝菌，喜气洋洋地送到我面前。顺道说了一句，别一天天吵嚷着要减肥，你看看自然界这些东西，羊以大为美，菌也以大为好，长得大，说明营养充沛。

那边又听见小子咋呼啦啦的声音，像是有什么重大发现。果然他举着一朵黄红相间的、脚杆细长的菌子直奔过来，那品相着实诱人，像是夏天里打着一把艳丽的太阳伞，有着大长腿的美女。母亲说，有毒的，快丢了吧。小子有些舍不得，但被那一个"毒"字克制了。大自然又像是给我们上了课，但凡那些长得艳丽诱人的菌子，几乎都是有毒的。当然也有少数能食用。这好比男人对女人的判断，通常以容貌美丑先入为主，事实上，德行往往藏于朴素之间。然，能透过现象看到本质者，必定需要深深纵纵的阅历，在经得起千千万万的诱惑之间，岿然不动，智慧斜逸。

母亲是个有冒险精神的人，遇到从未见过的菌类时，总要用鼻子使劲嗅嗅，凭气味来做初步的判定，然后再掰上一点放在舌尖上。她认为只要不麻不辣不苦不涩，就一定可以食用。因为听闻过太多次食菌中毒的事件，所以对没见过的菌类一直保持警惕。母亲总说这个我尝过了，是能吃的。然后放心地放在我的篮子里，我趁她不注意，悄悄就扔掉了。我也深知，我不在她身边时，她一直按她的方式来鉴定，次次安然无恙。在她沾沾自喜时，我却心有余悸。

在山上行走了几千步了，篮子里也渐渐丰富起来，够全家人美餐一顿了。配上宣威陈年上好的老火腿，野生菌的鲜与老火腿的醇怀抱纠缠在一起的时候，味蕾上的花朵就次第开放了。看着篮子里的菌子们，还毛毛草草、活活生生的样子，臆想中的美味就巴巴地在舌苔上活泛起来。我像一个经验老到的吃货，早在想象中把它们煎炸蒸煮无数次了。

山风吹过，有松毛落在头发上，肩膀上，仰头是白云蓝天，坐下是松松软软的一地青苔，厚实安稳，舒心畅然。母亲的身旁，正好有一株还未红透的狗尿尿果，细细碎碎如繁星一样点缀在枝上。想起一句俚语，狗尿尿果也会有红的一天！马上，冬天就来了，山林深处唯一的生机，便是这红了的狗尿尿果，它不畏风霜雨雪，不惧凌寒地冻，只在这一季，深深地红着。

大山养育的女儿，安然地享受大山给我的馈赠，由来以往，每一次都不曾失望过。

从祖母的秘密

我从山上下来的时候,我百岁的从祖母正坐在门口晒太阳。她闭着眼睛,安详地坐着,阳光洒在她的身上,与她的无声构成一幅安静的画面。那一刻,一百年的时光,凝固成一尊雕像。我轻轻地走过去,蹲下,靠近她。她睁开眼睛,混浊的眼神中闪过一丝光亮,接着,她又低下了头。然后,她又缓缓地抬起头来,她说我母亲的名字,但却忘记了我是母亲的大闺女还是小闺女。

她的双手紧紧地抱在衣衫的下面,像是躲避冷风的袭击,又像是在收藏某种重要的物品。这十几年来,她始终以这样的姿势坐着。在太阳下,在阴凉处,她无喜无忧地坐着。即使是唢呐的声音传来,她也从不过问是谁家的人去世了。仿佛这个世界的热闹或是安静都不会与她相关。她只是保持那样的姿势,一直坐着。到了吃饭的时间,她接过碗,少量地咽下几口饭,又回到她的姿势里。

这么多年,我从未曾见过她病了疼了的样子,她偶尔在深夜的时候,会莫名地呼唤着远嫁的女儿们的名字。第二天问她时,她又嫌弃问她话的人冤枉了她。她说,分明那是风吹过竹林的声音。竹林大片大片地生长在屋子的后面,每天晚上被风传达着不同的信息。从祖母彻夜地倾听着它们的语言,她知道它们的所有秘密。

多少次,我来来去去地经过她的面前,她呆滞地保持着同一表情,一动不动。我分不清她是看见我了,还是从来没有看见过我。而她众多的孙子们，自她保持这个姿势以来，她几乎是分不清楚他们的。只要他们不跟她说话，她从不主动开口说话。他们叫她时，她张冠李戴地叫着他们的名字，或是用含糊的声音问你是谁？问的次数多了，大家就把她当成了雕像。

这一次，我有些冒失地想要与她亲近些。我依偎着她坐下来，用手掰些糕点喂她吃。她用牙床上下左右地蠕动着，终于咽下去了。再要喂她，她摇头。我把手伸向她，她也高兴地伸出两只手，随即又赶紧缩回另一手。动作的迟缓，让她的秘密在阳光下暴露了。

几张缩卷着的百元大钞，在她的手心里被紧紧地攥着。我忽然意识到自己的鲁莽，却不知该如何去补救。哪知，这个一直有些思维混沌的老人突然清醒地说话了。她说，这些都是亲戚给我的，我是用不上了，留着，也是你们的。然后她用另一只手去寻找旁边的拐杖，像是一个做错了事情而又要装作理直气壮的孩子。我知道她说的话，不是说给我听的，是说给她的儿媳们听的。

我想起了我的祖母，她九十高龄过世。在她去世之前，对钱也如此重视过。她总是小心地用手帕把钱包起来放进贴身的口袋里，走到哪里带到哪里。当上千元的钱丢失时又懊恼不已。尽管她哪里也去不了，但她一直保持着对钱财莫大的兴趣。某人给她钱物时，她会念叨人家的好处很久。她甚至在母亲不在家时，悄悄变卖些用不上的家什。但对于首饰，总是极度珍藏。她收藏饰品的地方很古怪，有时是一只破旧的箱子，有时又在沾满灰尘的瓦罐里。我的祖母，把那些东西当作她最大的秘密。

透过从祖母脸上的皱纹，我还看得出她年轻时美貌的痕迹。养尊处优了一辈子的从祖母，她的皱纹不是作家们描述的那种痛苦而深刻的意象，而是一种如丘陵般平和舒坦的细密曲线，沧桑中带着美丽。皱纹里

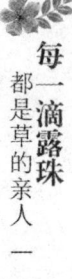

既看不出痛苦,也见不到幸福。她就像墙壁上挂着的一帧图片。而有时候,我又觉得,她像一部长长的小说。她的心里一定收藏着这个村庄最久远的秘密。只是,那些秘密都不再是秘密了,它们远不如她手心里紧揣着的那几张钞票。

从祖父子英先生是个不折不扣的书生,生在农村,长在农村,却一辈子也没下过田地。他的蝇头小楷写得极为漂亮,吟诗作对饮酒高歌,是这个村庄里最异类却最不可或缺的人。乡间瞧日子看帖子写对联,样样都离不得他。他常常戴着个黑边眼镜,两手背在身后,手里握着一本发黄的书,或是一把猪菜,目不斜视地从院子里走过。美人与书生的故事向来是故事中的精品。他们之间的故事一直是村庄里公开的秘密,被风传送得久远。

百年前的鲜活,在百年之后,注定只是一种传说。就比如从祖母手中紧握着的那几张钞票,其实它们现在的作用对于她而言仅只是几张废纸。从祖母之所以不愿意放手,是因为她一直想握住从前的岁月。曾经,她的生活是安定的,优裕的,甚至她可以拥有与别人不一样的爱情,那种被书生称作是红袖添香的日子。在村庄里,这种意象必定代表一种高度,一种可以被别人羡慕的高度。

从祖父遗留下一本书,一本天书,发黄的扉页上写着一个久远的年代。书的材质是绵纸,就连装订的线也是用绵纸捻成的线。他用洒脱俊逸的笔力,描述着一个村庄乃至一个姓氏的来历。我翻开它,犹如翻阅一个家族的秘密。我从我的父亲追溯回去,不知过了多少代以后,突然看到了一个古老而著名的帝王的名字。若不是这样一种记载方式,我是无论如何也不会相信这种事实的。且听人说这类事时的第一反应,总是有攀龙附凤之嫌。

这样的故事,从张家到李家,都有说法。难道,这散落的村庄里,都是些有来头的子民？不论多荣耀的过去，不论多辉煌的未来，经过一百年的沉淀，它们都成了泥土，成了大地的一部分。书上记载着的这些远祖的光环，到了今天，也就成了我的从祖母手中的那几张钞票，成了不是秘密的秘密。看似贵重，实则也无多少实质的用处了。

  向来，秘密只生存在每个人的内心里，体现着某事对某人的重要性。村庄的秘密被记载在一本书里，我的祖母们的秘密都放在自己的手心里。许多秘密，在别的人眼里也许算不上是秘密，只因自己太在乎，所以成了秘密。人老了，最大的秘密也许就是一只破旧的箱子，更或许是口袋里手心里握着的几张票子。在她们看来，身边存留着些钱财，就是给了自己安全的保证。安全，成了秘密的一把锁。我的祖母和从祖母都想拼命地锁住它。

异国他乡丢了娘

珍珠岛上的高山快车，不仅让孩子们乐翻天，也让我娘的老心脏顿时年轻了好几岁。看着老人孩子们进了这快活林里，脸上舒畅开怀的笑，让我坚定地认为每一次带他们出行都那么有意义。尽管每一次旅行前，我娘总在心疼我花费的银子而态度极不友善地拒绝，但对付她我有的是办法。我一定会说成我的银子像是出门中彩票白白得来的，我娘才肯放心跟我走。

我不敢说才是眨眼的工夫，我娘和老姨妈就不见了。大人和孩子都一直在尖叫狂欢中处于完全亢奋状态，早已忘记了时间的概念。我交代她们俩坐海上缆车过去又折回来的，一个多小时过去了，也许是两个小时过去了，还不见她们的影子。我心里有了点小慌乱，但一想到我娘是走南闯北见过世面的人，我的担心就高搁了一会儿。

从珍珠岛到芽庄市的海上缆车需要十二分钟，我第一次坐过去的时候，我以为我娘就在对岸等我去接她。我坚信她足够聪慧，在遇到困难的时候不会自乱阵脚，即使在语言不通的地方，她也能连比带画完成她的意愿。我有心赏着海面上的风景，看茫茫渺渺的海上那些生动的船只。海的颜色不那么蓝，带着几丝混浊，天空的云也不那么明晰，麻麻团团地向我压来。我想着，我娘和她的老伙伴，两个人就在对面的某把椅子上坐着，等我去接她们。

当我来来回回地在海面上转悠三次，在任何一把椅子上也找不到我娘的时候，巨大的恐慌向我压了过来，我不敢再有乐观的猜想。这是在异邦的土地上，两个老太太连普通话也说得不溜爽，万一有个三长两短，接下来的日子我就没法活下去了。越想越是害怕，害怕到双手颤抖。我还不敢告诉我的家人们，我更害怕所有的人掺和进来，热锅上的蚂蚁们就会全乱了心智。

茫茫的海上，我有种叫天不应呼地不灵的无助。惊慌失措六神无主痛苦绝望这些词汇都不足以表达我臆想过的一百种结局。如果，如果我真的弄丢了娘，这可不是我一个人的娘啊，我以后还能活下去吗？还不如从这高高的空中，坠落到海里，喂了鲨鱼来得痛快。可是在我娘未知下落之前，我得拼尽所有的力气去找她。

我用手机里的照片和夹生的英文与工作人员交谈，终于弄清楚，两个老太太坐了电瓶车去了另一个码头。悬着的心总算放下一点点。我嘱咐朋友去酒店看看，会不会两个老太太已到酒店里了。整个世界都在我的慌乱里颤动不已，找不到一个可以坐下来喘息的地方。电话的电量仅有百分之三了，我的娘还不知下落。又一种要与世界失去联系的恐惧席卷过来。

我站在码头上，设想未来会出现的惊喜和不幸，思绪在旋涡里不停地打转儿。我的电话响起的时候，我像是得到了神的救赎。得知两个老人正安坐在大厅的椅子上时，我的眼泪稀里哗啦落了一地。站在异乡的街头喜极而泣，顿时觉得越南的小草都在向我微笑。此时，距发现娘不见了已经两个多小时了。孩子们还在各种玩乐里狂呼大笑，全然不知我的世界曾经坍塌过。

在电话里交代朋友不能说一句埋怨的话，找到就是最大的幸福，这是我们的疏忽。我怎么能为了管孩子，就放心让两个老人去坐了缆车呢？真是猪一样的队友，猪还不如的自己！

我娘见到我的第一句话就说,你这个白啦啦的憨货,就不会想着我们回到酒店了吗?害我们在这里等了那么长时间。上帝,她还嫌弃我!见我泪痕未干,眼泪在眼眶里打转儿,她的口气才软下来了三分,说,两个大活人,怎么可能会失掉嘛,这也值得哭?她说得轻松,我听得怄气。熄灭下去的火焰一时就燃了起来,我硬生生又咽了回去。好吧,她有理,她永远都有理。

当我娘坐在灯火辉煌的西餐厅里,一边吃着海鲜、一边眉飞色舞地向我们讲述事情的经过时,那神情倒像是熊孩子们对新奇事物的兴奋,几乎到了沸点。我顿时觉得老人与孩子是同一科目,她们甚至想在恐怖片里寻找些刺激。

原来是因为工作人员要查岛上的房卡,她们的卡没在手里,就把她们请了下来。还好遇见一个会讲中文的人,把她们带到我们登船的码头,工作人员让她们写了自己的姓名,查询到酒店,才用快艇把她们送回的。我娘说得轻松愉快,我听得神思恍惚。好在,只是虚惊一场。我脚酸手软地躺在五星级大酒店松软的大床上,把绞在一起的心和肝慢慢梳理通泰了,脸上才有了些鲜活的气息。

当飞机降落在长水机场时,深夜的灯光里只有乏累,我叫醒熟睡的老人和孩了。心和身终是安定下来,这 次惊险的旅行终于结束了。我得好好养养我受伤的灵魂,等好了伤疤以后,我才有勇气带他们飞向另一个地方。

|第二辑|

南有乔木

青的少年，黄的原野

烟苗，这是母亲最娇贵的一个孩子。才开春，母亲就为它们忙碌起来。她准备了一个能遮风挡雨的小窝，四四方方地用石头砌起来，把最好的土壤放进去，撒下烟种子，早早晚晚地伺候着。几天过去，新芽就密密麻麻地冒出了土壤，一撮撮，一簇簇，一群群地热闹着。太阳火辣辣的时候，母亲为它们盖上补丁过的破床单，为它们遮阳蔽日。太阳一落山，母亲就揭开浇水，让它们透气。担心早上有清霜，母亲在天黑前就用油布盖上，生怕它们冷着冻着，又在上面加盖了层破棉袄烂衣服。反反复复好几个白昼黑夜以后，终于看到一片生机勃勃的绿色。它们被小心地移栽到营养袋里，就着袋子里那些腐质有养分的土壤，一天天地长大。长出两只耳朵，三只耳朵，到第四只耳朵探出头来，就是把烟苗移栽到烟地的时候了。

田野里，山坡上，处处都是大人带着孩子们忙着栽烟的景象。有雨水落下还好些，就了老天爷的赏赐，省去了肩头挑水的重活路。没有雨水也不能影响栽烟的节令，背水或是挑水，一遍遍地往返于地里和水源点。村庄里的水源点是在一个山洞里，要打着电筒或是点着火把下一百八十级台阶，才能到达水边。我最害怕老天不下雨，那样我们的肩膀上要脱层皮。母亲说，才是浇点定根水，要不了多少的，别一个二个给我丧巴着脸，像个苦瓜似的。

来来往往的路上，田地里，前脚赶着后脚，挑水的洞里也是桶碰着

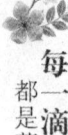

桶，人挤着人。塑料薄膜在风中扯得山响，锄头下去的地方，灰尘从这片土地奔跑到那片土地，大人小孩们的呼声叫声被风送出很远。背苗的，打塘的，理墒的，盖膜的，浇水的，各有秩序。等把母亲亲手培育的这些宝贝们安顿好新家以后，就要看老天的脸色行事了。有雨的时候，我们是狂欢的，一切有天罩着养着。干旱的日子，我们就是累死的小黄牛，看着一瓢瓢水浇在地里，呼啦啦就不见了。大地就像一个渴坏了的孩子，正等着我们喂饱，张着嘴咬着瓢就不肯松口。如果不让这些烟苗们喝个痛快，它们就要以赴死的表情来吓唬我们。有时，明明看着是真要死去了，浇了些水，第二日又鲜活起来。有时，看着鲜活的样子，第二天，它们又要死去了。为了它们的死活，我们似乎早已忘记了自己的死活。在母亲的吆喝声中，我们常常在烈日下，不停地担着水，从水源点到自家的土地上，不计次数地往返。

母亲比我们更劳累，她不仅要给烟苗浇水、施肥，还要查看它们是否有病有虫，她永远忙得脚底板翻天。待雨水落下时，我们就能轻松些日子了。最不幸的是，老天一不高兴，下了一场冰雹，母亲的脸色就会比黑锅烟子还难看。在叹息和愁苦中，我知道，我们的学费没了。通常，老天是恩赐我们的，地里的烟苗常常长得比我们的个子还高。一望大片大片的叶子，母亲就像看到了她的希望。她为它们梳头剪脚，清理那些影响烟叶质量的底叶黄叶，修去它们的枝枝蔓蔓，耐心地等着它们长大。

烟叶差不多成熟的时候，我们的暑假也就到了。那一望无际的烟地，下无杂草，上无叉叶，被母亲打整得清清爽爽，像个等待着出嫁的大姑娘，清秀明艳。母亲带着我们背着篮子，把成熟的叶片掰下来，平整地放进篮子里。那是我一生难忘的日子，它们周而复始地存在我每个漫长的暑假里。每隔几天，必须重复一次。晴天去地里，我佝着腰掰烟,在一起一落之间,烟叶上那些黏稠的东西就沾在我的头发上、衣服上、手臂上。一池的清水可以轻松洗好我的衣服和手臂,而我的长发就成了难以打理的疼痛,一梳子上去,就是一地尖叫的眼泪。母亲说,戴个帽子或是顶块头巾吧,可那些老旧的东西怎么能配得上一颗少女爱美的心呢。我宁可忍着疼痛,也要把我乌黑顺溜的长发扎成马尾或是任性地披在肩上。母亲就说,一个姑娘家家,不听话,疼死也是活该。紧接着又是一顿说烂了的旧话,无非是若想偷奸耍懒不干活,就要有好好学习的决心,长大了别害她贴赔嫁妆嫁到大山里还招人嫌弃。

若是遇上雨天,我们在雨的歇停之间劳作,在一块天设地造成雨篷的岩石下面躲雨,看着雨滴从发尖滴落下来,细雨蒙蒙的天空像是书里的江南。如果雨一直不肯停下,我们也淋着细雨忙碌,偶尔穿上一回雨衣,但一身的累赘会让劳动变得十分无趣。我很是不喜欢那一身的泥泞滑湿,湿透了的身体被一阵冷风侵入肌骨里,不由得激灵灵地打起了寒战。在几个惊天动地的喷嚏后,有时,我就很脆弱地病了。病了的日子,更加不舒服,我宁可不择晴雨地站在烟地里跟着母亲劳作。

通常我是不太敢抱怨什么的,因为母亲的严厉苛责。她总是不失时机插播她的人生宣言,在我们说起太阳的毒辣、暴雨的无情时,她就教育我们要好好读书,一脚走错,百脚就踩歪了。那时候,我好像望见了无边无际的辛苦,我的未来正像母亲一样,起早贪黑地不停劳作,要花许多时间来干这些重复的劳动。通向大山外面的桥只有一座,许多人拼命地往上面挤,我不知道我会不会落在水里,做一个自己厌倦的人。我有时就很忧伤,常常在去挑水的路上,歇一回长长的气,坐在一棵开满白色碎花、香气袭人的大叶女贞树下,久久地发呆。

制作烟叶的过程很复杂,它们涉及外婆的纺车、外公的锯子。而我们,只要把烟叶放在一个小木板上,小木板平放在双膝上,用一把一头长着几颗针的小工具,从左到右地划破烟叶背面那根最大的茎,工作就基本算是完成了。剩下的工作,大人们不放心孩子们去做。我却非要试着辫烟叶,母亲没想到的是,我这一上手,才不久的时间,就成了辫烟叶的快手能手,需要两个人理烟供应我一个人辫。那些麻花样的细绳线,在我左手右手的上下翻动之间,很快就辫完一竿整齐的烟叶了。

当那些金黄的烟叶从烤房里出炉的时候,那香喷喷的味道,确实有些让人心怡陶醉。我不知道是谁发明了香烟,才让大地上生活着的子民们那么忙碌辛苦。对刚学过的那句古诗"遍身罗绮者,不是养蚕人",我深有体悟。这些澄黄的香烟,与我父亲嘴上的旱烟是那么不同,就是在那一刻,对人们生活的高低,我就有了初浅的认识。无论别人把土地上生活的我们,赞美得多么高尚,我们也只能以一种劳苦来换取我们活着的资本。土地是干净的,它生长出我们想要的一切。原野上生活的人们是辛苦的,他们用汗水来唤醒向上的力量。在此之前,我没有听说过有人的理想是为了离土地更近一些。唯有那些与泥土打了一辈子交道的人们,在坐享荣华之后,会以一种怀旧的心态来融入泥土,缅怀它们曾给我们带来的一切。

煤油灯下的夜晚不是寂静的,微弱的光芒正照耀着我们的劳动,我们要让那些被火烤得蜷缩着的烟叶有一个舒展的姿势,然后把它们分类整理后,按级别出售,换取我们的学费、杂费、书费、伙食费。当然,偶尔也能犒劳一下我们的肠胃,羊肉和牛肉的美味就是在一个丰收的季节才抬上桌子的。那是一种无可比拟的幸福时光,像午后的阳光照在绿绿的青苔上,安然,静美,奢侈。也就在那一时刻,我几乎可以十分满足地承认,这一切的辛苦都是值得的。父亲告诉我,其实,我们只要好好念书,以后可以天天过上这样的日子。

那些沉甸甸的用烤烟的金黄换来的钱,滋养了我们的学业,我们沿着土地跨过大山,走到了水泥钢筋铸就的城市里,终于过上了天天有美味的日子。烤烟已渐渐脱离了母亲的生活,她再不用为孩子们的开学而发愁了。而父亲却在一场未知的疾病里,狠心地丢下了我们,与那块烟地融为一体,像是守望着那些我们用烟叶换来的生活。

土豆的 N 种吃法

每一次离开这片土地几天，味蕾上最想念的东西就是土豆。从火车上下来，这座城市特有的烤土豆的香味儿就迎面扑来。下了那些高高的石阶，几步窜到一个烤洋芋的摊点前，不顾优雅的吃相，身心便得到了最大的慰藉。

宣威这个地方流行一个俚语：吃洋芋长子弟。洋芋是土豆的别称，我们习惯叫它洋芋。子弟，是俊美的意思。可见土豆在人们心中的崇高的地位。许多年前，我看着餐桌上一盘盘烤制得金黄黄的土豆，个头略比鲍鱼大一点，而食客们对土豆的热爱程度远远胜于鲍鱼的时候，我脑洞大开地认为这就是我们宣威人心中的"小鲍鱼"。人们可以一年不吃鲍鱼，而不可一日不食土豆。后来，这个别称就广为流传，更加彰显了人们对土豆的热爱程度。

曾经，土豆是我们填饱肚子的主要粮食，在青黄不接的日子里，能有一些土豆存放着，那就是全家人的生命线。在土豆丰产的年份里，人们奢侈地把土豆变着花样吃。无论哪一种吃法，都是酣畅淋漓的享受。食物给予人类的终极赞美，便是成为口中的美食，最后回归自然，开始下一个轮回。

仲夏，雨多日照，万物生辉，一坡坡的土豆开花了，白色的，紫色的，在风中摇曳多姿，像是一群群法国宫廷里赴约的贵妇人，正在等待着舞会的开始。要知道，正是这些花朵成为她们头上的饰品，才让大面积推广和种植土豆成为流行的方向。于是，我们才有亲近它、爱戴它、离不开它的今天。

在雨水和日光的滋养下，埋藏在土里的土豆们开始不安分了，它们膨胀的身体挤开一条条裂缝，露出早熟的小脸。我们就通过大地咧开的嘴巴，把土豆"抠"出来。刮皮，洗净，入锅，等洋芋煮熟了，再放进平底锅里用文火烤黄了，带着锅巴，冒着香气，一个又一个地吃下去，爽口又爽心。那是夏天里最幸福的日子，被叫作吃晌午。那是一晌的欢畅呀，身与心都被安顿得妥帖。我常常等不及土豆出锅，就要吃半熟的土豆，俗称"七生"洋芋，那种有嚼头的感觉，是年轻人牙口好的明证。

暑期，大规模的土豆下市了。主妇们开始制作洋芋片，这是酒席上的宠儿，是最好的下酒菜。选个晴朗的日子，把土豆去皮切片，入盐水里煮八成熟，放在麦草、簸箕或是蛇皮口袋上晒干，一年四季的餐桌上就多了一道美味：炸土豆片。空嘴吃，香脆可口。下酒吃，回味无穷。百吃不厌，常吃常新。

土豆的吃法有许多种，它就像一件百搭的衣服，吃成什么品相，达到什么气场，完全在于你让它跟什么搭配。想让它成块成条成丁，还是囫囵下锅，刀和你一起商量着办。与土鸡在一起，叫作洋芋鸡。龙堡街上一家叫老夏洋芋鸡的酒楼，开业的时间貌似比我的工龄还长，生意源源不衰。与牛肉在一起，红烧牛肉土豆，清炖土豆牛肉，想怎么折腾就怎么折腾。与火腿在一起，蒸的煮的炒的，完全取决于大厨的心情和手艺。至于与蔬菜们的恋情，时时都是移情高手。土豆说，我想与酸菜生活在一起，于是，它变成了酸菜洋芋汤。到底让土豆成丝还是成片，完全是造型师的刀说了算。土豆说，我想与小葱暧昧，它们又不清不白地站在一起，一上桌子就被筷子们指指点点，一会儿就灰飞烟灭。再来一盘之后,也许还要再来一盘。这时候,土豆就像一只漂亮的蝴蝶,想往哪朵花上采蜜就往哪朵花上去,谁让人家长得貌美呢。貌美者,就有入花品香的最大资本了。

土豆切成条状炸熟,或是半熟,拌成麻辣洋芋,这是最日常的吃法了,因为做法简单,吃得粗暴,于是就成了一种行业。大街上不仅有固定的摊点,还有三轮车上流动的摊点。当炸洋芋的声音响起时,吃饱了的肚子,也会忍不住馋涎,花几块钱炸上一碗,用牙签往嘴里送,吃得斯文而愉悦。

而上山烧洋芋的活动,已成休闲娱乐的一种方式。像是在怀念一种儿时的生活,怀念祖母们在煮猪食的柴火里烧洋芋的味道,那是被我们称为"吹灰点心"的早餐。在森林火警非戒严区,捡些干柴,架成高堆,烈火熊熊后的残余火力里,土豆烧熟,滚去黑灰,就着咸菜,吃成一堆开心果的样子。脸上的黑,手上的灰,你看着我笑,我对着你乐。我们都是土豆最爱的孩子,没有誓言,但一生不离不弃。

每每我的孩子不想吃饭时,问及想吃什么,永远都是舍土豆其谁的答案。煮土豆的时候,我切一碗青椒,用母亲做的土酱当帽子,再放一勺猪油,与土豆一起蒸。当土豆熟了的时候,青椒酱也就熟了,下着土豆吃,是最超级美味的搭配。小朋友每次看见,都只说一个单词:surprise!

某一天的早晨,远在京城的朋友菲儿像是发现了新大陆似的,连珠炮般问我说,你那里的土豆为什么那么好吃?你为什么不多推广它?我以为一件普通得不能再普通的食材,实在没有大力宣扬的必要。她说她是偶然在淘宝发现,说滇东北的土豆丰产滞销,一向热衷慈善公益的菲儿,就组团购了土豆。她吃过的土豆水汽沥沥,完全与滇东北土地上产出来的土豆味道不一样。我被她说得不好意思,就在朋友圈发了一条王婆卖土豆的消息，结果反应平平。看来，任何事物的命运都是惊人的相似，只有在爱它懂它的人那里，它才是珍贵的。

土豆的 N 种吃法，恕我不能一一列举，它永远是厨房里必需的储备，是每一天都要相见的大宝。即使我忙不得去菜场了，有了它，我的生活就有了质感。是什么样的质感，我无法准确描述，大致是像贵妇人摸在天鹅绒毛上的安全感，也像是一个贫穷的妇人怀抱着一只猫咪的幸福，身体和精神上的双重取暖。其实，至今天，我也还没有计算过 N 到底等于几。我想，这并非是一道数学题目，我更愿意觉得是关于土豆的生活小窍门，你想让它等于几，完全是你说了算。

憨二叔

憨二叔常常穿着一件粉红色的风衣，风衣是村里的人在公路上捡到的，因无法找到失主，它就到了憨二叔的身上。在我的记忆中憨二叔从来没有穿过一件新衣，他总是把双手紧紧地抱在胸前，粗衣寒衫地迎来四季。看着憨二叔女里女气的装束，又看看他那顶破破烂烂的帽子，一切都显得那么滑稽可笑。

憨二叔到底叫什么名字，我在大脑里狠狠地搜索了几个夜晚，始终没有一点记忆。他在家中排行老二，从生下来就是天生智力障碍，比他辈分或是年龄大的人都叫他"憨老二"。我们小一辈的人叫他憨二叔或是老憨二叔。不论你叫他什么，他都脆生生地答应，然后热情地以他有限的智力问这问那，常常高兴得像个孩子似的。

他是村庄里的义务工人，谁家有了粗活重活，最先想到的必然是他。精细的活路他不能上手，但粗重的活路他样样能胜任。谁家请他，他都会很高兴，恨不得把一身的力气都用尽，才能感恩别人对他存在的认可。他从来不计较人家吃的是粗茶淡饭，还是满汉全席，端起碗来，吃饱就行。

有一次，主人家高兴给他喝了点酒，没想到他喝了一碗还要一碗，以为他是个海量的人，结果憨二叔喝醉了，直挺挺地倒在地上，几个大汉都拿他没办法。自从他品过酒以后，憨二叔对饮酒这件事情忽然就不憨了。谁家要请他做活计，他必然要喝上几口，他边喝边说：喝点，喝点解解乏!

邻村有个疯子，天天准时出现在村庄外面的公路上，上一趟下一趟地行走着，像是上班一样，准点准时。他一来，憨二叔总是显得很兴奋，他指着那个衣衫褴褛的人，憨憨地大笑：老疯子来了，老疯子来了！我不知道在对面那个疯子的眼里，在看到憨二叔的那一刻时，会不会也在心里说：老憨包，老憨包！

憨二叔到了而立之年，父母想给他张罗一门婚事，到处托人询问哪个村庄里有憨的聋的瞎的疯的女人。只要是个女人，她就能配得上憨二叔。终于，在很远的村庄里找到一个疯女人。她的父母像是丢包袱一样，顺势把她抛给了憨二叔。

有了媳妇的憨二叔神气了些日子，他们常常像玩过家家一样，在村庄里闹出许多笑话，但终归这也是一种生活。嘲笑也好，同情也罢，没有人可以代替憨二叔去过他的日子。可是好景不长，这个疯女人突然患病死了。憨二叔的表情里，没有悲伤，也没有痛苦，他像往常帮人家办丧事那样，跟着众人把这个疯女人送到山上埋葬了。

往后的清明节里，憨二叔会提着他娘给他准备的祭品朝那座山上去。我不知道憨二叔会用什么样的礼仪来祭奠这个给他做过妻子的疯女人。他总是欢欢喜喜地去，一会儿又见他欢欢喜喜地回来了。

憨二叔的父母对于给他娶亲的初衷是这样的，他们希望他有一个后代，在以后没有父母照顾的日子，还能有一儿半女照顾他。这打算随着疯女人的去世落空了，但他的父母依然没有死心。他们又为他找来一个疯女人。可这个疯女人疯得太离谱了，常常在村庄里闹得鸡犬不宁。家人终于忍无可忍了，只好把她送走。

憨二叔又孤单地过起了他的日子。事实上，孤单与不孤单，对他来说又算得了什么呢？只要三餐还有保障，他就依然可以做一个快乐的傻子。

忽然有一天,传来憨二叔死了的消息。他的癫痫病发作,口吐白沫,牙关紧闭,整个身子直挺挺地倒在地上,恨不得要使出一生的力气来与大地抗衡。他年迈的老母亲一边哭着一边大喊救命,可午时的村庄里,人们都在地里忙碌着,没有一个人听到她的呼喊。她只能用一块毛巾一遍又一遍地擦去他嘴边的白沫子,眼巴巴地看着自己的儿子痛苦地死去。

憨二叔真的走了,他没有留下过一张照片,甚至他叫什么,享年几岁,这些对我来说都成了一阵风。它时时刻刻地吹在我生长过的小村庄,巷子里,竹林中,柿花树下,小水沟畔,哪里都站着穿着粉红色风衣的憨二叔,他正傻傻地看着我笑。

村庄与我

庆幸我生在一个还有理想的年代，杏花春雨，白雪寒冬，岁岁安然地成长。山里的世界很明净，乡间的小路偶有汽车经过，成群的孩子追赶着跑出很远，嘴里念着自己编的童谣。麦地里的芬芳扑鼻而来，快乐装满了心间，可以确定自己就只是山间的一种鸟类。山外的精彩从教科书里纷呈而来，一个激情昂扬的老师带着一群心潮澎湃的孩子，仰望着蓝天白云。

很多年以后，我的理想涅槃成村庄的一面旗帜，弟弟妹妹们勇敢地接过火炬，用矫健的步伐奔向远方。当我能安歇下来微笑的时候，才知道我离自己的村庄已经很远了，如那排在建设中消亡的石榴树一样。我只敢留着一种期许，愿所有的芝麻都能开花。

在我的记忆里，从第一缕炊烟飘扬的时候，苏醒的村庄就有了鲜活的面孔。木房青瓦的屋檐下没有过多的秘密：谁家的孩子哭了，谁家的花猫下了崽子，李家的锅里飘出的香味，张家的桃花开在墙上……人间的烟火近在眼前，比电视里的新闻更能让人兴奋。地里的玉米和小麦，书里的北京天安门，还有门后长长的烟斗，各有自己的去处，井然有序。

如今，清澈的河边没了姑娘们嬉笑的身影，听说她们都远嫁了，偶尔带着夫婿在特定的日子衣锦还乡。村庄只剩下老弱的面孔，渐失颜色。有留守的儿童在呼唤着爱，一种残缺着的向往成了奢侈。最后连村庄旁边的大树也嚷着要进城。一切寂静了，除了春天那个节日隆重地来临……在他乡的孩子们长高了，有着向日葵的笑颜，身边带着异乡的姑娘，头发和服饰与村庄的颜色格格不入。九十高龄的大爷品尝着孙子带来的糕点，连连夸赞还是新世界好哇，地里的小麦居然可以做出如此的花样。历经饥饿的祖母们担心着好日子的尽头，总是害怕岁月变迁。村庄从惊诧到宽容，再到如今的平静，整个世界就这样被包容接纳了。

前方，就是这条路，它带我到达理想的一端，它也带着我的兄弟姐妹们到达另一种理想。村庄赋予他们传统的起点，这条通往山外的路给了他们新的生存法则。终于有一天，异乡的钢筋水泥在村庄的土地上崛起，村庄的面貌在鞭炮声中焕然一新。我们追赶着汽车奔跑的时候，没有人敢奢想我们也可以拥有自己的汽车。细数三十年河东的事，感慨这些变迁来得如此迅猛。

我不敢遗忘这些，所以我一直很富足。从乡村到城市，还是人来人往的亲情，有时只是几个玉米棒子，有时只是几个农家的土鸡蛋，有时只是孩子上学路过一顿饭的工夫。我还是父老乡亲眼里质朴的村姑，有纯美善良的心灵，记得东家的苦难西家的疼痛。

在城市待久了，慢慢融合，有了些变异的迹象，不期然长出了势利的第三只眼睛，心里滋生了冷漠，勤劳与热情在慢慢消逝。然而，我粗糙的双手还有脚上布满的茧子，它们揭示着我火红的出身。贫穷与红色曾经是一种资本，如今只剩一张贫嘴。在美丽的海滩，我无地收藏我的脚趾，它暴露着我最后的虚荣。而在妹妹眼里，我一直是公主，一种土著民族的公主，拥有至高的据点，足以做成标本。

就在村里人羡慕我飞得很远的时候，城里人却在嘲笑我飞得不高。一只蝉的理想在冬天就戛然而止了。想起父亲憨厚的笑，还有满是期待的眼睛，到如今的一抔黄土，仿佛淹没了我人生所有的依靠。

恍然如梦。

时间漂洗了一切欢乐与哀愁，让我坦然得如同盛开的棉花，只与季节有关。向村庄望去，我的理想只是一扇门窗，当我跨出那道门槛，我就完成了一种使命。于千万人中，我是幸运的发明者。掀开宿命的衣袖，只是一场有备而来的风，打乱了村庄的秩序。最后走成了一条路，一条通向远方的路。

当简单的渴望变成了原始的生存砝码，理想就只与风有关了。不时听到种子发芽的声音，还有泉水与白杨的赞美。从春风到秋风，只是一片叶子沉重的叹息，在村庄里悄无声息。

来自故乡的标识

当我的身体在火车和飞机之外的地方停留，被人问及原产地时，许多人对故乡的辨识度竟然来自同一种美食——宣威火腿，这让我感到很荣幸。我天天面对的平常食物竟是异乡人眼中长久不衰的宠爱，心中的自豪便油然而生。

一个地方因人因物因事闻名，这已成为认知他乡的一种有效手段。最明显的就是对于一个名人故乡的争议，待一个人流芳百世声名远播时，许多人对他成长的轨迹就饶有兴致起来。于是，从他出生到成长再到死亡的话题便热闹非凡，人们以成为他故乡的人而骄傲。

尽管我的故乡早在新石器时代就有人类文明的碎片，但它一直是偏僻之所，隅居于滇东北乌蒙山下。在古代帝王黎民的眼里，那里是蛮夷之乡，不毛之地，瘴疠直行，民风彪悍，若是被贬于此，无异于被宣判了死刑。殊不知明朝著名状元杨升庵被贬谪到云南这片山水以后，过上了神仙般逍遥自在的日子。他曾数次来到宣威与本地名流饮酒作诗，并在杨柳可渡村前高耸碧绿的石屏上留下了"山高水长，水流云在"的摩崖石刻。

且不说秦五尺道，亦不再言诸葛亮，这些丰功伟烈的事迹在许多地方都留下了痕迹。宣威这个小小的县城被隐藏在地图里，毫不起眼，绝不敌于声名显赫的大地方。幸运的是，宣威却因得天独厚的气候出产了一种美食，并因此而名声大噪。

在国门尚还紧锁着的时候，民族英雄浦公在廷带着宣威火腿打入国际市场，在巴拿马国际博览会上获得了金奖。一时，宣威火腿名声大震，在车拉马驮的原始运输条件下，就远销海内外，深得口碑，供不应求的局面为一个小地方经济的繁荣作出了莫大的贡献。

我不能想象当年一个以马帮起家的少年，在经历了多少风雨坎坷后，才走出一条由小县城通向国际的道路。多少苦难多少辛酸都隐藏在了巨大的成功后面，人们只看到一个身材雄伟高大、目光犀利、神采飞扬的英雄，在小城的中央有千顷万厦的财产。风风光光的浦氏家族让人羡慕，受人尊敬，就连那些从府第走出的丫鬟仆人也比寻常人家的身份高出许多。

我更不能想象，在商业还是半遮半掩时，浦公的火腿加工居然以股份公司的面容出现了，别说是在一个小城，即使是在大城市，这也绝对是一桩新鲜的事儿。意识先进的浦公居然申请了注册商标，当后来人在展览馆看到这些匪夷所思的证物时，会觉得自己作为一个现代人的蒙昧和浅陋。伟大总有伟大的不同寻常，成功总有成功鲜为人知的故事。这其间的曲折历程，在一段辉煌的历史面前，只一笔就带过了，在成功的面前，所有的奋斗都有被省略的理由。结果，永远是检阅人生的重要尺度。

当年，蔡锷将军率领的讨袁靖国军路过宣威，浦公生产的火腿为正义之师提供了丰富的军需供应。红军长征路过宣威，火腿再次发挥了巨大的作用，成为红军队伍缺衣少粮时的重要补给。含盐稍重的宣威火腿，既可当肉，又可调味，油是它，盐也是它，再没有比这更能体贴战士们胃口的东西了。

一次又一次的革命和战争，摧毁了人民的生活，又带来各种各样的新希望。一代又一代的人们在血与火的洗礼中，喘息着，奋斗着，活着。浦公的火腿产业同样经历着大大小小的起起落落，大及身家性命之忧，小及兄弟不力资金不济。然而在民族危亡的关键时刻，急公好义的浦公不吝钱粮，救济百姓，接济军队，以铮铮脊梁顶起一片天空，为革命的胜利贡献了移山心力。

浦公最小的女儿卓琳，陪伴邓小平从戎马岁月到改革开放的艰苦历程，用一个女性的坚毅和果敢谱写了伟大而平凡的一生。她是我的故乡继火腿之外的又一张被世人认知的名片，然而她又是与火腿联系最紧密的人之一。正是她的父亲用火腿铺就了她走向革命的道路，让她成为故乡永远的荣耀。

在浦公的故居，有孙中山先生亲笔题名的"饮和食德"，这历来是对宣威火腿最高的赞誉。四个字所蕴含的意义被后来人无数次解读着，常读常新之感力透纸背。孙中山先生用他革命的火热赤心为宣威火腿做了最好的讴歌，为浦公高标的品行做了最好的注脚。还有云南督军唐继尧题的"急公好义"，滇军总司令杨希闵题"味美于回"，滇军军长范石先题"调和鼎鼐"……许许多多的赞誉让宣威火腿名扬海内外，被世人的味蕾收于当仁不让的食谱大全首席。

一只小小的火腿，当它与革命相联系，并作为某种必需品的时候，它顿时高人威仪，雄风四起。然而，就是这一只只长着绿毛的火腿，它从寻常百姓家走来，成就了革命的丰功伟绩，成就了宣威人的一种生活方式。

宣威人用火腿换取生活的必需品，用火腿供养孩子们上大学，用火腿作为最贵重的赠品，以致这里的人们谨慎地对待一头猪的饲养，把它们当作家庭成员一样。只因它承载太多宣威人的梦想。从浦公的马帮开始，一代代宣威人扛着火腿走出高坡顶，走向了新天地，走向成功，走向辉煌。

浦公的塑像静默在东山寺里。晚年笃信佛教的他，用他的善言善行给故乡树立了一种高大的榜样，人们景仰他，爱戴他，怀念他。他目光坚定地在那里守望着脚下的宣威城，守望着他用毕生心血制造的品牌——宣威火腿。后来人当以先生的德行为楷模，为宣威火腿的荣誉增光添彩。谁要是弄虚作假抹黑了自己的品牌，谁就是历史的罪人，谁就是这片土地的叛徒。

当回望故乡的时候，每一次都忘不了舌尖上飘荡着的味道，它鲜、嫩、醇、香、甜，肥而不腻，常吃不厌，久久地荡漾在舌尖上。无论何种吃法，都能让每一个吃过它的人记忆犹新。想家的游子归来时，母亲要做的第一道菜，必然是煮金钱火腿。香味四溢的时候，邻居们就闻到家有喜事的信号。离开家的儿女们的行囊里，最不能少的也一定是火腿。当你收到一个宣威人对你赠予的火腿时，这必然是最珍贵最赤诚的馈赠。因为在宣威人的眼里，再也没有比火腿更美的滋味了。

我爱这片热土，再多的珍宝，也比不上这只"身披绿毛，形似琵琶"的火腿带给我的喜悦更多，日日食，食不厌，天天想，想不尽。当有一天我带着火腿的味道站在异乡，客居他乡的故人们像是看见他们的亲人一样欢喜时，我深深地明白火腿已成为来自故乡最鲜明的标识，它有着乡音之外最容易辨识的气味。

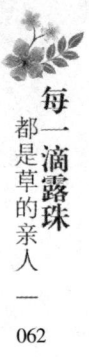

看不见的仇恨

　　隔壁，一阵骂声传来，接着是打碎东西的声音，有一只鞋子"呼"地从窗口飞出。餐桌上，我们停止了笑声，但没有谁想要出去看个究竟的欲望。母亲警告我们小点声，她说，这个疯子，少喝些猫尿会死！

　　我知道，在没有酿成任何人身伤害以前，我们必须关上自己的耳朵。那把锋利的斧头，那把沉重的大锤，它们还安静地躺在隔壁的屋子里。高声的叫骂，低声的回骂，此起彼伏，一波波暗下去，又一波波涌上来。我害怕那对冤家，我的伯父伯母，他们又要上演精彩动作片。

　　当我看到伯母走过窗前的身影时，心中的石头落了地，可她回骂的声音却在出门那一刻高出了八度，并夹带着小跑的脚步声。伯父更刺耳的声音传出来，我听见他拉什么家什的声音，然后又重重地摔了下去。显然，是酒精的热度让他丧失战斗的能力。

　　我从窗口望去，伯母站在坡底正与另一伯母私语着什么，仿佛她的愤怒终于有了个盛放的容器。她呕心地描述着，一边用手指着她家那道门，愤愤不平中又略有些担忧害怕。她的眼睛里有种看不见的仇恨即将爆发，但又随即黯淡下去。

　　弟弟妹妹们在说着什么好笑的事儿，他们大笑起来。隔壁又传来一阵骂声，这次，我听明白了，他是在骂我们这群小鬼。母亲说，给我多吃些饭，把嘴堵上，我看谁还敢多嘴！

　　父亲那天正好不在家，不知为何，这个天不怕地不怕的伯父，对于父亲，他有种特殊的感情。他高声地骂人时，只要父亲一出声，老哥哥，你悠着点儿，他的声音顿时降低八度。而后，零星的几句拌嘴，像是一场急刹过后的缓冲，就一切相安了。

他骂人时，口不择言乱骂，张口就要问候别人的老娘，别人身上的麻子、瞎眼、秃头、瘸腿，他样样脱口就翻人的痛处。而且他骂自己的人总是比骂别人更恶毒。如果他是一个巫师，他的亲人们都将在他的诅咒里不得好死。尤其是我的伯母，她的祖宗十八代都不曾安生过。而我的伯母，偶尔在气愤不平时会回敬他的老娘，仿佛她一下就触碰到高压电线上，他立即对她拳脚相加。

有一次他站在院子里拴牛，高声地呼着伯母的名字，伯母应声慢了一拍，他张口就骂娘。伯母小声地回敬了他娘，他隔着几米的距离，随手捡起一坨新鲜的牛粪迎面就丢去。伯母躲闪得快，牛粪重重地砸在墙壁上。夫妻俩顿时仇人似的拧着厮打起来，他用脚踢，伯母下口咬。伯父顺手提起大铁锤子，狠命地砸下去。伯母晕了过去，鲜血顺着她的脸颊淌了下来。这可吓坏了伯父，也吓坏了我们。他套上牛车，一路小跑地把伯母送进医院，一副心疼得不得了的样子，又是忏悔又是端汤递水伺候着。

又有一次，不知为何，他们在深夜里厮打了起来。父亲不在家，另一伯父翻墙过去，救下快要被他掐死的伯母。脸色青紫的伯母，好半天才缓过气儿来。他们这一对冤家，仿佛是前世杀父夺妻的敌人，每天都要吵架打架才能彼此解恨。

伯母年轻时，第一次被打，曾悲愤地投进粪池。被救出后，她慢慢地把事情想通泰了。伯母认定她是上辈子欠了他的，凡事只愿往好处去想。一个认了命的人，只能把心横将下来，忍受别人所不能忍受之苦。

伯父不仅骂人，他还骂天、骂地、骂鸡、骂狗，一切进入他视线的东西，都有可能是他骂的导火索。骂，成了他生命中最重要的一部分，如他一辈子也丢不掉的那口老酒。

父亲走后，家中失火，母亲盖了新屋，为新屋地基的事，他与母亲吵得不可开交，几次要动手打我的母亲。好在，他终究拗不过母亲的犟劲。他高高地扬起手中的板凳或是棍棒，又低低地放下，脸上一直写满凶恶。他每天走出走进地骂，骂我死去的爷爷，那个一生都爱他的老人。也骂我的父亲，他的手足。骂我，还有我的弟弟妹妹们，骂得不堪入耳。母亲每每在这样的时刻无法忍受，一场场战争总是这样开始。所以，我阻止母亲回乡。

伯母得了癌症，起初，他是认真照顾的，不到几个月，又大骂出口。伯母去世了，他像一只失伴的孤雁。他没了骂人的直接对象，骂人的声音减了很多，直到他也检查出癌症晚期。他不再骂任何人了，去了女儿家，即使回来，也不再骂人。我回去，他远远地看着我，像是有话，又似无言。我不想打扰他的清静，同时，也心有余悸和悲伤，总是不愿意如小时那样去亲近他。

犁地，他是村里的一把手，他的犁走过家家户户的土地。人们喜欢请他犁地，却又害怕他在贪杯之后的一场场咒骂。又不能不用酒来款待他，他总是趁着酒兴，把一切不满发泄完。东家的碟大，西家的碗小，都是他骂人的话柄。一件小事，足以耗去他一整个晚上的口水。

可谁又能阻止他对一壶酒的钟爱呢？爱酒，他胜过爱这世间的任何一种东西，包括他至亲至爱的人。也许酒才是唯一让他释怀的东西，他的内心一定积累了太多的仇恨苦痛，只有酒精和酒精过后的发泄才能让他放松。

村庄里的人，个个都是他的敌人，又都是他的亲人。往往，他骂人的话从东家传到了西家，人们厌恶地看着他。而他，却全然不在意。高兴时就要拉着人家唠叨个不停，他都忘记了他昨天才骂过人家的话。

在酒足饭饱之后，他常常骂骂咧咧地扛着犁，赶着牛，向后山走去。伯母远远地在后面跟着，他手里那根赶牛的鞭子高高地扬起，时刻准备着对牛或是人表达一些他心中无法控制的愤怒。傍晚，载着满满的一牛车玉米或是洋芋，有时，也可能是一车青草。他们踏着夕阳晚归了，老两口有说有笑地把东西搬进屋里，大呼小叫地呼唤着大大小小的娃娃们，把从山间采来的野果分发给我们。

分明才见彩虹笑，暴雨又顷刻来。一顿饭的工夫，天就变脸了。隔壁又传来骂人的声音，有时是因为盐放多了，有时是因为菜不可口了。你一声，我一声，热闹起来。这一切，都是酒精发作之后的显性特征。

每年清明的时候，他在老母亲坟前，细心地清理着杂草，培土培草，仿佛在给他的妈妈梳头那样。这个小村，我再没见过比他更诚心的孝子。从小相依为命的母亲，对于一个早早失去父爱的孩子，意味着太多太多的东西。他说起老娘做的苞谷饭，总是赞不绝口，他说这村庄里哪个比得过他的母亲做的香甜可口呀。那时，他的脸上写满了幸福、骄傲和温柔，光彩照人的样子。

我与他的小女儿相差五天出生，我叫她四姐姐。他在高兴时哄着自己这个小女儿，任她撒娇耍赖。他一边摸着她凌乱的头发，满脸胡楂地扎下去，四姐姐咯咯咯地笑着。他还唱戏给我们听，他唱："西山脚下有一家，爹妈生下仨姊妹，最宠最爱小女儿……"他会在吃完饭时指着四姐姐碗里的剩饭，强迫她吃下去。他说他吃过糠，吃过树叶，吃过观音土，哪里去找这么好吃的黄澄澄的苞谷饭嘛。四姐姐不吃，他端过来几口虎吞下去，还一边做出香馋的模样逗我们。

他不醉的时候，跟我们小辈说他蹉跎的一生。他父亲离家出走那年，他只有七岁，姐姐十二岁，两个妹妹还牙牙学语。为了生计，他给人当童工，苦活累活做尽，冷眼冷脸受尽。一个妹妹病死，另一个妹妹当童养媳受虐不堪，在逃回家的路上被洪水卷走了。说这些的时候，他一点也不悲伤。他总坚信自己的父亲有一天会回来，他会把他找回来。他说，他不要我们吗，我们还要他呀！说到这里，他悲从心起，眼泪在眼眶里打转儿。

待他如亲父的叔父，也就是我的爷爷走的时候，他哭得鼻涕老长老长，头上的帽子也歪了。他脸上的大鼻子与父亲是那么相像，唯一不同的是他鼻子中间有道天然的细细的坎，横在鼻梁的中间，让挺拔的鼻梁在那里稍微地停顿了一下。那时，我还小，与悲伤的交往不曾密切过。对于一场葬礼，如同看热闹一样，仿佛那是与自己不曾相关的事。父亲一直在哭，我是因为父亲哭了，我才哭出声来的。伯父也在哭，他说我爷爷是睡着了。两个男人的哭声，让天空失去颜色。在患难中长大的这对兄弟，他们都失去了最亲的人。

终于，他们都长大了，也终于有自己的土地了。伯父珍爱这种日子，在他的土地上终日劳作，勤恳如他那头老黄牛。秋收过后，楼上堆满了粮食，玉米、大豆、洋芋到处都是。喝下几两老白干，微醺时刻他开始唱歌。他抱着四姐姐唱，"爹爹开会开得好，开得好么春风吹。改革的土地一片绿，人民生活多么美！"听到歌声的邻居们都来凑热闹，人家聚在一起讲着古老的故事。鬼故事，毛野人，都是故事里的经典，而主讲的人通常是他，我的伯父。

伯父家的土地真好，种什么长什么，就是别人从来没有种过的花生苗，到了他家的地里，也收成颇丰。这可馋坏了村里的小毛头们，他们总是想方设法地算计着，想要犒劳下自己的嘴巴。常常是快要得手时，伯父不知就从哪里钻出来了，吓得一群小毛孩子四处乱窜。

伯父就是这村庄里的一个传奇，把好和坏高度地统一在自己身上，让别人纠结不已，他却由着自己的性子快活。高兴时，他是天使，他让歌声直冲云霄，孩童老人都争相参与。不高兴时，他是魔鬼，释放出鲜血淋淋的诅咒，连狗见了他都要夹着尾巴远远地走开。

昨日接到四姐姐电话，说他走了。我心里如失去了什么重要的东西，一阵阵难过。他甚至还没等我回去看他一眼。

伯母也是去年的这个时候走的，这对冤家吵了一辈子，打了一辈子，却又不离不弃地生活了一辈子。往往才恶言相交，拳头相向，不出一刻，又听见他们的笑声。我们都习惯了他们相守相爱的方式。他们仿佛前世有着深重的仇恨，这辈子要来彼此折磨；又仿佛前世遗留下许多不尽的爱恋，要用今生来相扶相伴。

我曾与母亲说，他骂人是没有什么实质意义的，别去过多计较。可他总是触及母亲最伤痛的地方，那些恶毒的语言已让母亲太疼痛，直到他死，母亲都不肯与他说话。可她一接到他过世的消息，就急忙从千里之外连夜赶了回来。

那个夜晚，深夜醒来后，再无睡意。我以为，这个冤家似的亲人死了，我不会有多少悲伤。打小，我是听着他不堪的骂声长大的。孟母为儿三迁，吾母的儿女愚钝，生长在这样的环境，居然没学会他骂人的脏话。倒是在他的故事里、他的歌声中受益匪浅。他每天必喝，每喝必醉，每醉必疯。一辈子，他与人有仇，与土地有仇，也与自己有仇。而这些仇恨，无法识别，也无法看见。也许，这些，都是他前世欠下的债，今生偿还清楚了，所以，他走了。

灵堂里，他友善地看着前来吊唁的亲人，他大鼻子上的那道坎比他的大鼻子还醒目。大鼻子是这个家族最重要的标志，而那道坎，仿佛是他一生的某种暗示。这个让我爱也不是、恨也不是的伯父呀，就这样他过了一生一世人！我直视着他，眼泪急急地淌了下来。这下，那个小村庄没了他的声音，该是如何寂寞！

我喊你爹的名字

我妈正在喂猪的时候,听到村前头我大弟大辉和小弟大斌们的哭声,她没来得及放下她手中邀猪的棍子就飞也似的奔了去,我也紧跟在后面,像一阵风一样紧随着我妈。竹林脚下,我的两个弟弟正与村前头结巴大爹家的两个儿子大猛和大胜混战,我妈呵斥了几声,还是停不下来,她三步并作两步走了过去,推推搡搡把四个孩子拉扯开了。我两个弟弟像是得势了一样,凶巴巴地要上前再战斗。紧接着结巴大爹大妈也赶来了,手里还拿着打人的跳脚米线条子。他的两个儿子在见到他们父母的那一刻,顿时火焰老高,跳起脚来要飞踢我的弟弟们。没等我妈开口,结巴大爹的大手已揪住其中一个儿子的耳朵,另一个儿子吓得赶紧躲到他妈后面去。结巴大爹说,你,你,你这两个豺狗吃的,一,一,一天到晚在外面尽给老子惹祸。看,看,看我不打死你们喂豺狗去。结巴大爹的每一句话第一个字总是说得特别吃力,所以全村人都不避讳这个,叫他结巴大哥。我们也在背地里悄悄叫他结巴大爹。结巴大妈开始数落起大爹来,她说,你这个天杀呢,人家护着自己的娃娃,只有你胳膊肘子全往外拐。你给我赶紧放了他,你要是把他耳朵扯聋掉,我就死给你看。她一边说,一边就哭了起来。结巴大爹一条子打在大妈身上,大妈用头撞过去,一边说,你打死我,你打死我吧。我妈吓得赶紧过去拉开他们。两个人像斗红了眼的公鸡,四只眼睛里只见满眼的萝卜花。大爹气势汹汹,大妈更是要死要活的样子。这样一来,我的两个弟弟顿时止住了哭声。本来是孩子们的事，一下就变成了大人的事了。他们像看热闹一样在旁边看得起劲，哭的也不哭了，骂的也不骂了。

我妈说，大哥大嫂，你们别吵别打呀，本来为了娃娃的事，各家拉开各家的就行了。我也不是什么护短的人，该是我教育他们的，我一定不会手软。然后我妈把她的两个儿子拉在前头，用手指着脑门问，你们为什么要打架？大辉大斌异口同声地说，他们喊我爹的名字。大猛和大胜立刻高出八度的声音说，是你们先喊我爹的名字的。你先喊我爹的名字，是你们先喊我爹的名字……他们又闹成了一片。大人们一个看着一个，这是多小的事情啊，名字不是用来喊的吗？但在村庄里，小辈是不能叫长辈的名字和尊号的，就像林黛玉避讳母亲的名字那样，仿佛说出来就是一种大不敬。大斌说，明明是大猛先叫我爹的名字，后来还叫了我爷爷的名字。然后又是一片激烈的争吵声，我听出来了，他们吵架的起因是在一起玩的时候，玩不在一起了，就叫人家爹的名字玩。一玩就上了火，然后各人的爹和爷爷们都跟着一起遭殃。我妈和我大爹一齐觉得这些小狗儿们太搞笑，他们说，叫哈就叫哈了，又不是叫得掉一块，叫得瘦一斤。事实上，有时候，小伙伴在生气之前的先礼后兵里就有这么一句，你若再这样，那我就喊你的爹的名字了。在村庄里，一直都是这样。我爹的名字是让长辈们叫的，若是晚辈叫了，就是犯讳了，我不生气就证明我失掉了自己的尊严，还失掉了我爹的尊严。

在平息了结巴大爹夫妻二人的战斗之后，我妈又好气又好笑地对她的两个儿子说，我要忙着去关猪了。你这两个喜鹊老娃（乌鸦）啄的，别还痴鹦哥地站着，赶紧给我回家去，等老娘手得闲再收拾你们。我妈小跑着回去管她的猪们了，我拉着弟弟们回家，这两个家伙还是一副极不情愿的委屈模样。想着我妈回去要收拾他们的话，他们就开始一挤一挤着眼睛，眼睛里零零散散地淌出几滴干眼泪。他们还转过身去恶狠狠地瞅了两眼大猛兄弟俩,只见大猛龇着牙齿小声地说:"你给爹小心点,下回我要你们死!"大妈红着眼睛也瞅着我们,一副要为儿子壮势的感觉。结巴大爹一声:给,给,给老子回家吃饭克,我,我看谁还敢惹事,别,别,别给老子作死路!我们纷纷都回家了,围观的人也都回家了。

　　一进家门,我妈果真还在气不消的样子,但没有想用条子抽他们的意思。她说,你们两个死不自觉的,跟你们说过多少次了,惹不起的人别惹,你们就是不肯听,你看,见功夫了吧?还好这个是小事,若是大事,人家兄弟六个上门来都会把你们掐死!我妈说这话时,我才想起他们家凶上门去打村庄里别人家时的情景。最厉害的一次也是因为小孩子们打架,跟喊我爹的名字这种差不离的小事情。结果,结巴大爹带着他的儿子们,硬是把我另一个大爹家吓得躲进柜子里的儿子拎着耳朵提了出来。一副要死要活凭他所断的样子,着实吓坏了我们。若不是我爹及时制止,险些要误了人家娃娃的性命。我妈这么一说,我这么一想,我确实有些怕了。但我弟弟们却声音大得山响,一副天不怕地不怕的样子。大斌说,他们家狗多势众,莫非要上天哟。等我长大了我也打上他家门去。一边说还一边用身子挨了下他哥哥大辉,说,哥,我们一起去,我就不相信个个要怕他家。我妈说,哪个再给我声音大,怕是连饭也别想吃了。

　　才到第二天,我又看见这几个家伙一齐背着箩上山去了,有说有笑的样子,一点也不像昨天还喊我爹名字的那种仗势。但我大妈挑水从我家门前经过时,老长着个马脸,脸色难看得像是要拧出水来。我妈正在院子里洗衣裳,喊了几声大嫂,她只是极不情愿地答应了一声。

乡村里居住着的善良

翻了一座又一座的山，躲过许多狗吠，抵达一所破旧的屋子前。一个佝偻着腰的老人应声出来，欢喜地招呼我们。我们叫她四舅母，儿叫她舅奶奶。她是婆家的远房亲戚，旧日与婆婆相交甚好。婆婆早逝，未曾留有一张照片。关于婆婆的许多事情，我都是从她口中得知的。

她抓住我儿的手有些颤抖，说大孙子那么大了，说这个家的福气和苦难。若是婆婆安在，她会是这个世界上最疼爱这孩子的人，一定是恨不能将手心手背上的肉都长到我儿的身上去。四舅母的屋子里凌乱、破旧，像是她飘摇羸弱的身体，眼花、耳背、高血压、高血糖、腿脚不便一样也没饶恕过她。尽管她那么相信另一个世界的神仙，虔诚地烧香，按时还愿，不辞辛劳为乡邻远客们请求神灵为他们消灾避祸。香案上的缕缕青烟，是这屋子里最鲜活的信号。她说，刚才有个远路人来找她做事，车上屡屡有事，找她顺顺。

四舅母是乡间女巫，在历经一些莫名其妙的事后，她就有了通灵的本领。仿佛她就是坐拥千万兵马的元帅，在她的神叨咒语之间呼风唤雨，人间的千灾百难药到病除。但凡世间有了苦难的人，都想要寻求一些心灵的寄托，以期让日子在意念之间过得顺畅些。我不知道在四舅母碎碎念念，烧香磕拜之后，别人所托的事情是不是就有了灵验。从乡村的声名和络绎不绝的人来看，该是有人真见到了效果的。这些将信将疑的事情，我一贯秉持敬重。

那些年，谁家来请，多远，她都能上门去。顺财门，消灾磨，化苦难，在她力所能及的地方，施展她心中的法力。所得之物，也许是一升米，几斤豆，也许是几张零钱。别人因此而安身，她也因此而安家立命，不穷不达，无富无贵。如今她老了，上不得门了，就在家里坐着。每天都有不期而至的人，许多人来自遥远的地方，在别人口口相传的灵验里，到她这里乞求神灵相助。她或是拿出一摞纸钱，或是拿出几根细线，或是需要一只公鸡，或是几粒黑豆，按她的方式去帮助别人。她做事的时候很专注，像是凭空对面坐着另一个世界，那些我们看不见的东西就附体上来，撬开她的嘴巴，说出些别人认为与所经过的事实相符的情节。最后得到化解的方式，避免事情向不好的方面扩张。

家常话说了许多，绕不开与婆婆的恩情，感慨人间万象。她说起乡间孝道时说了一句话：为儿再是一条龙，你也得记住自己是蛇养的出身。言浅理深，我是第一次听见。乡间总是用最通俗的语言，来表达深深浅浅的道理。我伸出手，让她帮我看看。她合拢我的手说，样样好好生生，天天好吃好在，还看些什么呢。只有那些历经不好的人，才想要说说点点的。我忽然就明白了，她也许不是女巫，她只是以一种特别的方式，让乡村的苦难在善良的提醒里得到最大的慰藉。

告别的时候，她又要把乡村最好的善良——鸡和鸡蛋，让我们带走。儿帮她缚鸡，过来悄悄告诉我，他看到了鸡的眼睛里除了惊恐，还有绝望。我告诉他，任何有生命的东西在失去自由的时候，都是一样恐惧和绝望。他说，妈妈，我们可以不吃它吗？我说，即使不是我们，它也是一样的命运。万事万物，皆有自己的归宿。孩子在纸箱里多放了许多松毛，他说，多放点松毛，就可以少带些鸡蛋了，多留给些舅奶奶吃。那一刻，我看见了乡间根植在我身上的善良，正在孩子的身上盛开如春天的梧桐花。

　　这世间从来不缺少美和善良，无论在哪里看见，它们都保持熠熠生辉的成色。小子身上，及四舅母身上，他们及我们，都希望这世界平安、静好。

山洞里的秘密

河流隔开青山的两岸，两山之间宽不足千米，窄不过百米。青山脚下，河流的两岸边上，一个个村庄被绿色的竹林掩映着。村庄里的人世世代代把这条河流当成母亲河，他们从河里汲水，在河里浣衣，也拉着牲口在河里饮水。河两岸的峭壁上，有些不同形状的山洞，大大小小，形态各异。

河流在不同的季节有不同的姿态，水清了，水浊了，水涨了，水干了，都与村庄里的人们息息相关。唯有那些山洞，千百年来以同一种姿态静默在山崖上。村庄里的老人们爱讲一些与山洞有关的故事。故事的版本不外乎两种，一种与仙人有关，另一种与鬼神染指。但故事无一例外地有个不二主旨，那就是要敬畏仙人和鬼神，不要轻易去亲近那些山洞。

然而，他们越是让孩子们远离那些山洞，就越阻止不了他们的好奇。打着手电，点上明火，他们偷偷地进入大人们限定的禁区。大人们从家里摆放着的异样的石头上发现了秘密，顺手拿起扫帚，从村庄的东面追到西面。到了晚上，几个大人就编故事传播一个孩子失足掉进山洞的消息。即使这样，也阻止不了一群孩子探索新奇的愿望。

从一个私塾先生失踪了三天，又从那个山洞走出来后，那个山洞就变得仙气顿生。先生说他在洞中与白胡子的仙人对弈了一盏茶的工夫，而洞外已是三个白昼。从此，人们就对山洞里居住着神仙一事深信不疑，还编造出给神仙借碗借筷的故事。他们一代又一代地宣讲着同一个故事，有好事的小孩子躺在祖母的怀里，瞪大眼睛想亲眼看看那种神奇的事，祖母的回答也惊人地相似。她们总是说，仙家是食素的，凡间人不珍惜借来的东西，打破了的，油腻了的，弄得仙家生气了，再不与凡间人来往了。

山崖的壁上有个葫芦形的山洞，据说，那是仙家的居所，有云有雾时，仙气弥漫，缥缈灵动。峭壁上有些细小的山洞，更或者说是一种细小的裂纹，活脱脱地把一个和蔼可亲的老仙人面容印在壁上。从我记事时起，他就保持着同一种微笑。无论从哪个位置看去，他都在看着我微笑。传说与现实的印证，增加了人们对故事本身的可信度。那个山洞，就成了远近闻名的山洞。无数人来验证过它的神奇，却谁也不能说出它的神奇，更无法说出它究竟哪里不神奇。

凡是与众不同，并难于解释的事物，都会被赋予一种神秘。越是神秘，就越能激发人们探索的欲望。尤其是村庄里这群半大的孩子，他们总是梦想着有一天也能遇见山洞里长着白胡子的仙人爷爷，或是在门口叫声芝麻开门，就捡到无数的财宝。这种神奇的幻想支撑着他们想去探索山洞里的秘密。

他们钻遍了足迹所能到达的每一个山洞，对黑乎乎、扑腾腾飞过的蝙蝠早已不再害怕。甚至踩到脚下小小的骷髅时，也不会再集体逃亡。除了没遇到过仙人，没捡到财宝，山洞里的世界也算奇妙。姿态各异的石头，成群结队的蝙蝠，滴水穿石的神奇。光亮所射之处，处处都有新鲜的事物：慌忙躲藏的虫子，乱窜的小动物，甚至一条小花蛇。惊险而又刺激的场景，除了害怕，还想接着害怕。分明是到了绝境，突然又生出一个小洞，猫着身子钻过，又见另一个宽敞的大洞。柳暗花明，别有洞天的妙趣，极大地满足了孩子们探险的欲望。

晚上，回到家里的孩子们有的头疼了，有的肚子疼了。在大人的追问下，山洞就成了造孽的主宰，他们开始说起谁家短命了的孩子，就丢在那个山洞里。然后端着一碗水在孩子的头上念叨着什么咒语，孩子们发现疼痛慢慢缓解了。他们更加确信有鬼神的存在，山洞的神秘色彩又增加了一层。

某天，一个孩子发现了山洞的秘密。他问大人，为何每个大的山洞口都有人凿过的痕迹。它们残破地存在着，塌陷了的，站立了的，留下一些可以辨认的痕迹。可以确定，这些山洞里曾经在某个时期被人们深刻地重视过。

小脚的祖母们泪水涟涟，说起了往事。故事的开端不再是很久很久以前，而是从那年那月开始。孩子们睁大了眼睛，竟然比听仙人和鬼神的故事还带劲。

那些兵荒马乱的岁月，这些山洞，曾经是避难的居所。抢匪们扛着枪，扯成线的一队队人马，开进村来，见啥抢啥，每次都满载而归。剩下一个空空的村庄和一群哀哭的村民。没有武器的村庄，成了任人宰割的羔羊。村庄里那个瞎了一只眼睛的太婆，另一只眼睛毙命在一个凶悍的土匪的枪托子上。她当时只是哀求他们放过她那双心爱的绣花鞋。村庄里一声"躲贼了"，男女老少们都往后面的山洞奔去。有一个壮汉，他不想失去他的白马，拼命地想牵着它朝后山奔去，在山坡上，一颗呼啸的子弹夺去了他的性命。

那些小小的山洞，原来装着这么多秘密呀！孩子们你看看我，我看看你，最后都不作声了，怏怏地回到各自的家里，到了第二天，都做了些与山洞有关的奇怪的梦。孩子们在知道了山洞里的第二种版本的故事以后，对山洞探索的热度豁然降温了。慢慢地，那些山洞的洞口都结上了蛛网，长了草木。

孩子们又从教科书里知道了人类的起源，总是不自觉地抬头看那些山洞，揣测着祖先们的来历会不会跟这些山洞有关。事实上，他们从未发现过一片能证明人类文明的器皿。当然，不是每个山洞都藏得住人类文明的历史，但是，每个山洞里也必然承载着自己的使命。正如，村庄后面这些大大小小的山洞，它们曾深深地吸引着好奇的孩子们，还坚实地保护过这群孩子的爷爷的爷爷们。

墓碑上的谎言

村庄里的这对老人，拐杖已成了他们生活中必不可少的工具，但他们还从来不肯放弃劳作。男老人不断地编织着竹器，女老人一刻也不停地从猪圈忙活到鸡圈。他们是一家人，但我打小到大从没有看见过他们说过一句话、露出过一丝笑脸。

有一次，儿孙们请来摄影师，要留下一张全家福。两个老人似乎要刻意保持距离，却又要给儿孙们留些面子上的完整。末了，在全家人的强烈要求下，两个老人要单独合影一张。男老人大方地坐到板凳上，女老人勉强坐了下来，却不知脸和身子该往哪里搁置，横竖都没有好脸色，勉强地被儿孙们导演了一回。

据说，他们早年就分居，原因不详。几十年了，虽在同一屋檐下，却形同陌路，过着井水与河水相安的生活。他们漠然地看着彼此一天天老去，在他们的表情里看不出任何悲喜、任何隐忧，仿佛他们就是一次错误结合之后的永远不可修正。

隔着近一个世纪的历史，他们的婚姻尚不受一纸证书的约束。但他们没有离弃，没有放弃，更谈不上任何抛弃。他们选择了一种特别的相守方式，让彼此在沉默中老去。

很多人揣测过他们的生活，但谁也无法判清事实的真相。在一个寒冷的冬天，九十高龄的女老人熬不过凛冽的寒风，她安静地离开了。在男老人的脸上，依旧探寻不到与悲伤有关的任何信息。他的胡子全白了，戴着棉帽，穿着宽大的棉衣，两只手深深地彼此相握着躲进袖子里。他眼神空洞地看着忙忙碌碌的儿子们，不闻不问的表情有点让儿孙们难过。小儿子忍不住对他说，妈走了！他看了他一眼，依旧什么话也不说。

晚上，意外地传来男老人也过世了的消息。

听过多少誓言，最动听感人的不外是，同心同德地希望两个人能同年同月同日死去。想必，这对一世漠然相对的老人，他们不懂得这么美丽的誓言。

两口漆黑的棺材并排地躺在一起，此刻，他们之间再没有了任何别扭。冥冥中，似是上天的完美安排，他们的相守，终是要以这样一种方式来得到世人的认可。他们之间的所有过往，皆被这突然的安排冲淡了，忘记曾经的隔膜。他们的一生，可以当成一段关于爱情的永恒赞歌。

明月短松处，枯草连天长，他们的坟墓并列在一起，凝重地注视着绵绵的山脉。子孙们说了，这是福人之地，必然发子孙兴旺，发世代富贵。子孙们兴奋地为他们树碑立传，墓碑上铭刻着他们平凡而伟大的一生，满目的赞誉之词。

印象最深的是，赫然书写着他们夫妻恩爱和睦，相敬如宾，举案齐眉。这是一个多么华丽的谎言啊，居然被庄重地刻在这里。多年以后，后来者将深信不疑，这里长眠着一对楷模夫妻。无论他们生前的德行，还是死后的效行，都值得人们歌颂和学习。

村庄里的人们早已忘记了他们之间曾经的别扭，但他们一定记得，这两个高寿的老人在同一天死去。这是一件值得人们津津乐道很久的美事，尤其是他们的后代，在某种程度上可以证明一个家族曾经的造化。

尽管他们在世时，彼此难容，一直以不妥协不让步的姿态相对，但就在他们同时死去的那一天,他们的子孙们就有了大胆的设想。用一种假设中的美好去代替难以言说的隐情,在铁定的结局里,所有的过程都那么不值一提。于是,谎言披上了华丽的外衣,它们真实地站在那里,站成永恒的姿势。

踏着细草在坟地里转悠一圈,发现这里长眠着的人都是那么可亲可敬,他们贤良淑德,勤俭克己,知书达理。人们总是愿意把一切美好赋予死去的人,活着的时候他们配不上这些美德。在被描绘过的蓝图下,我愿意相信这是另一世界里人们造化修行过后的模样。

墓碑上的谎言,诚如那一张张被刻上特别符号的白纸,活着的人大把大把地焚化,说是它们到了另一个世界里,可以当成通行的货币。其实,我一直分不清楚,这世间无数的谎言,究竟是哄了鬼,还是哄了人。

话说"猪"事

有人说，象形文字是人类文明心灵最完美的吟唱。也许我们可以从某一个特定的字中窥探其中之妙。比如"家"字，它是象形文字的一个典型代表，也是社会构成的最基本元素。"家"是由"宀"和"豕"组合而成。"宀"指古时有顶且有四壁面积较大的房屋。"豕"就是猪。按此意我们就知道，从原始社会起，猪就一直陪伴着人类从远古走来。它是人类从原始的蛮荒到现代文明的最好佐证。尽管如今城市化进程的推进已让传统意义的家慢慢淡出视线，但关于家的记忆里，总是免不了一些与"猪"有关的事情。尤其是在这个举世闻名的火腿之乡——宣威！

宣威的村村寨寨里，家家户户都养猪。猪是每个家庭最忠实的伴侣，它甚至是一个重要的家庭成员。每一年，每家每户都会喂养上几头，至少也得一头。猪与每一个家庭的生活都是息息相关的，饲养的头数从一定程度说明了一个家庭的经济实力。养不起一头猪的人家会被人看不起，在邻里间生气时，这会是一种贫穷懒惰的短处，为人们所不齿。

我小的时候，每天都与猪打交道。从在母亲的背上开始，就看着母亲张罗着猪们的面糠，早早地在灶上烧火，在两个大锅里煮好猪食。那时，母亲每年饲养八至十头猪。从幼崽开始悉心喂养着它们，它们每天欢快地从圈里跑出来，奔向猪槽边，大口大口地吃着它们的美餐。这时

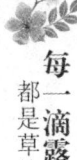

候,母亲会乐呵呵地与邻居们说着这头猪在长架子,那头猪又在长膘了。每当看到猪们用嘴拱一下闻一下就走开时,母亲就急了,她知道它们的身体一定是出了状况。母亲总是万分火急地请来乡间的兽医,像伺候孩子那样,又是用药又是打针的。那时候,母亲的心思全在她喂养的猪身上,一门心思地等待着它们康复。直到又看到它们欢快的身影时,母亲的眉头才舒展开来。

幼崽的猪,憨态可掬,尾巴有时会卷成几个小圈,摇头晃脑地走来走去。它们也像一群孩子一样,会争抢东西,你不让我,我不让你,有时甚至会打架,你咬我一口,我又咬你一口。尖叫着嗓子,玩得欢快。谁家买了小猪,邻居们都会去观赏,评头论足一番,那种喜悦的心情定然胜过如今人们赏花的心境。赏花只是愉悦了心灵,而那些小猪们,它们承载着一个家庭的希望。

祖父穿着长衫带着一群孩子去放猪的情景,我一直记忆犹新。十几头小猪,有纯白的、纯黑的,还有斑点的小花猪。孩子们与小猪们一样欢乐地走在乡间小道上。我们一一给小猪取了名字,其中有一头小猪,它的名字叫作"丹麦",样子可爱极了。我们总是忍不住要去抚摸它,它有时温顺地接受,有时又躲远了。小猪们用嘴不断地在草地上寻觅着食物,走走哼哼,摇摇晃晃,用它们的语言表达着它们的欢喜。吃饱以后,小猪们安静地躺在圈里,像个无所事事的懒汉。

小猪们在女主人们的精心伺候下,一天天长大了,轻盈的身子逐渐臃肿,肥肥胖胖的样子,走起路来也开始有些缓慢。母亲喜上眉梢,像一位艺术家对待自己的作品那样,总有爱不释手,愈看愈美的感觉。如果遇上某年的某头猪只长架子不长膘,走路还飞快地跑,母亲总是会埋怨上几句,说它吃了白食,是个不成气候的白眼狼。

母亲会在合适的时候卖出这些猪,剩下其中一至两头作为过年时的年猪。留下一头还是两头，这得看当年的经济状况而定。有时孩子们学费紧张，开支不够，甚至会把所有的猪都卖出。乡间总是有走村串户的猪贩子，从农户的手中收生猪，再拉到城里去卖。这些人像通信不发达的时候，邮递员那样重要。因为有他们，乡邻们饲养的猪才能换成人民币，以满足生产生活所需。

有一年，遇上病疫，母亲养的七头猪全都病了。母亲整日地守着它们，希望它们能赶紧好起来。母亲为了方便照顾生病的猪，居然学会了自己给猪打针，她与父亲一边扳倒猪，一边手脚麻利地给它们注射。猪发出惊恐的叫声，母亲的心也一起悬着，就连我们，也不再敢高声说话。后来，那七头猪还是死了。母亲坐在门口，一说眼泪就要掉下来的样子。母亲说，孩子们缺了油盐，脸都会变成菜绿色的。大人们少了油盐，也要黄皮寡瘦的。仿佛猪们身上那些油脂就是我们全家人的生命线一样。

长大以后，我明白了武则天的英明，当她听说一户人家丢失了一头猪时，竟然下令全城搜索。她说，一头猪对于庄户人家来说，就好比一个国家丢了一座城池。关于这一点，我深有体会。我们的学费从猪们的身上而来，我们的营养也同样来自它们。它们，对于我们的生活真是太重要了，容不得有半点闪失。

每年冬腊月，家家户户都忙开了，选一个黄道吉日，像举行一个重要的仪式那样。这个日子得避开家里所有人的属相，以示吉祥。避开属猪的日子，以示尊重。母亲早早地起床，煮了最好的猪食，面放得白白的，让猪们进完最后一道早餐。然后，请几个强壮的劳动力把猪捉住，再抬到案板上。这时，传来弟弟哭喊的声音，他拼命要去阻止杀猪匠的行为，却被大人们强行抱走了。他以为他可以救下他那头可爱的叫"丹麦"的黄毛猪，它伴随了我们整整一年，已经有些让人难以割舍的情意了。然而，猪的一生，注定是一种奉献。在精心饲养的背后隐藏着一种传统的阴谋，刀子就藏在案板的背后。

杀猪匠举起白刀子从猪的脖子杀进去，鲜红的血顺着刀流了下来，流到母亲早已准备好的容器里，被制成血辣子、血旺子，味道独特爽口。据说从猪肚子里的血可以看出来年的财运，但我一直不知道这是不是一种准确的预示，但它却一直在乡间广为流传。猪的叫声渐渐弱下去，母亲在它头前烧了三份纸钱。在母亲的眼里，即使是死去的猪，它们也是有灵魂的。这种虔诚的情感被每一个家庭完整地保留下来。我不知道它实际的意义究竟是什么，大概是一种心灵的信仰吧，它也许可以让杀生的心灵得到些许安慰。

杀猪的那天，家里要请来亲戚和邻居们，一起共享杀猪宴。那些菜肴都是从猪的身上取下来的。猪肝、猪腰、猪血、猪肉，满满的一大桌子。划拳猜令的声音，喝酒说笑的声音，煞是热闹。乡村的寂静在这个时候被点燃了，成了一顿丰收的盛宴。弟弟仿佛也忘记了他刚失去一头猪的悲伤，笑呵呵地跑去帮着父亲递烟。

新鲜的猪肉摆满了一个大大的簸箕，肥肉被用来炼油，那是一年炒菜的油。母亲用油渣做的酥豆和炒面，香喷喷，让人流口水。猪腿用盐巴腌制后挂在楼上，待来年端午节一过，就能上市了。宣威这个地方因了特殊的地理气候，火腿成了一道特殊的美食，享有极高的声誉。它有一个响亮的名字，叫作宣威火腿。无论煎煮炒蒸，还是作为配料，都是极美味的食品。从孙中山先生为宣威火腿的题词"饮和食德"里，你一定会品到很多特别的滋味。

通常，只要有孩子在上学的庄户人家，火腿都是用来换取孩子们的学费，很少有能完整入了口中腹中的。这就好比做丝绸的人永远都不是穿丝绸的人那样，为了生活，我们只能放弃华丽的享受。在宣威的火车站，你一定能看到一种与众不同的风景，一些行色匆匆的旅客，他们的肩膀上扛着的蛇皮口袋里装着宣威人最隆重的礼品——火腿。一代又一代的宣威人用火腿换取了学费，换取了生活。他们的生活一辈子都离不开"猪"，只要圈里的"猪"在，这个家就诸事皆顺。家家户户的猪，源源不断地输入市场，形成一条流水作业线，托起整个宣威火腿的美名。

如今的城市生活中，猪已成为一种记忆，但我们的生活从未远离它。甚至我们愿意在虚拟的世界里去养一些可爱的小猪，似乎只有那样，我们才成为真正意义上的家的主人。

故乡的竹

我的故乡西泽是乌蒙山中的一个小镇，隶属云腿之乡——宣威市。因其山明水美，物丰人灵，素有"城市后花园"的美誉。西泽环境清幽静谧，民风亲切淳朴，人们世代以农耕为业。依山傍水之间，大片大片的竹林生长在村庄的周围，风吹过，"沙啦啦"作响，像是黑夜被谁温柔地抚过。早有鸟雀们欢呼的声音，晚有夕阳炊烟的陪伴。人们在宛如诗画的田园之间劳作，在河里打捞生活的浪花，在山中寻觅生活的烟火。当然也在房前屋后的竹林里，编织一天一年的日子。

山高水长的地方，马驮不及人背，他们编织出一个个的箩，被他们按自己的意愿叫作花箩、半截箩、小背篼。各种的叫法里暗示着箩的用途，花箩用来背草背松毛，半截箩用来背苞谷洋芋。至于小背篼，它们就像城里人赶时髦的工具，通常用于走亲串戚，或是被大姑娘小媳妇们背着去赶一场闲暇的街子。她们顶着头巾，背着小背篼，上上下下地从河边走过，是一道西泽独有的风景。

村村寨寨里都有篾匠，他们靠竹子吃饭。谁家请到了，就系着一个大围裙，拿着一块皮垫子，腰里别着一把划篾的短刀就去了。竹林深处，放一把小椅子，眼睛相中哪棵竹子，就蹲下身子，小心地砍下，修枝断叶。把一棵棵中通外直的竹子在手里倒腾着，半天的工夫，竹器的雏形就现了。丝丝细细的篾在他们的手里像翻花一样，娴熟工匠的手永远都是滋生奇迹的地方。大箩小箩，簸箕，箩筛，粪箕，一一就诞生了。它们被广泛地运用到生活中，一屋子的家什，都与这竹子是嫡亲的关系。

庄稼人最离不了这篾制的器具，满山的粮食要用笭背回来，晒东晒西离不得这大大小小、团团圆圆的簸箕，筛米筛面要靠这大眼小眼的笭筛。举手之间，出门之时，都要与这些竹制器具打成一片。仿佛我们的生活都是这些竹子的恩赐。在读到"宁可食无肉，不可居无竹"时，我没有形而上地想到什么气节与风骨上去。在我所能抵达的视线里，没有了这些竹林，我们的生活便失去了盛放它们的容器。是竹子，让西泽人的生活有了一种秩序。

在我居住的小村庄里，家家的男主人都是篾匠，秋收之后，闲下来的双手，就在竹林里寻找新的依靠。他们起早贪黑地编织自己的生活，逢赶街子的日子，背上自己的成果，去换些孩子们的学费。生活就在清浅之处有了一些着落，除却主妇们的养鸡种菜，这也是家庭经济来源不可小觑的一部分。竹林，让一个家的生活有了些嚼头和盼头。

春天，竹林里拔节出一个一个的笋，长着黑黄的细毛，手伸上去，有些麻麻痒痒的感觉。一个个的春天，竹林就像一个永远不会衰老的母亲，不断不断地给这个世界增添新的生命。它们争先恐后地来到人间，探着头，张望着，打量着。直到成年，它们才有机会被请进家门，作为大材小材服务于人们的生活。可以晾衣，可以打核桃，可以编篱笆，可以编织成各种用具。即使是竹子的箨叶，在成年后，也被主妇们当纳鞋底的好料子。

在一个盛产竹子的地方，在市面上见不到任何竹笋的食材，这是让人无法想象的一件事。与竹子亲密多年，从来没有想过，那些小东西尚未出土时就是人间美味。我爷爷说，这是苦竹子，专门来救我们苦难的，它的笋也是苦的，苦到心里去了。老人的话是药，这药就医了一代代人。没有人想去尝试它们,只盼着它们长大成年了,可以换取我们的生活。

我不知道这是一种什么样的习惯,抑或它算是一种情怀。在后来,人们的生活纷纷好起来以后,在那些竹林脚下深深浅浅的印记里,我知道这竹笋也是可以当成美味的。它的味道,苦苦的,凉凉的,是另一种滋味,被许多人深深喜爱。但西泽人依旧没有大规模食竹笋的习惯,这就像是一种被规范了的传统。因为它曾给予我们的生活许多,我们就要一直爱它,就像爱我们逝去的苦凉生活。

回乡时,总爱在竹林里漫步,仰头看一束细细碎碎的光,穿过竹林,照在我的身上,人间的欢悦便有了一个端口。低头细数,都是童年欢笑的影子,从这片竹林奔跑到那片竹林。好喜欢这样,清清悠悠地活着,像这竹子一样,一年又一年,一代又一代。

摆 白

摆白，这是村庄里的一句土话。摆，有摆龙门阵、吹牛、侃大山、聊天的意思。白，则有扯白、说谎、夸张、离奇的意思。两者联系在一起，意思就变得多重。比如，一群人聚集在一起热闹，会说，来，摆个白玩。于是，你一讲，他一说，就个个入戏了，人们如痴如醉地说着听着。说的人疯疯癫癫的，听的人呆呆傻傻的，时而悲伤，时而欢笑，似乎每个人都有讲不完的故事，争着抢着要把自己肚里的存货倒出来，以供众乐。再如，某个人说话不可信，你也可以说："你怎么说得跟摆白似的？"虚构的故事是摆白，真实得离奇的故事也是摆白，如嘴上的风一样，轻飘飘的，不费力气就吹过了。它不含有任何轻蔑的意思，更多的时候充当一种说话的语气或是态度，像一种极度轻微的小对抗小夸张，说完就完了。

每当我听到外面高声吆吆传来："摆白摆白真摆白，摆起白来了不得。我在太白楼上歇，捉着一个大母虱，请了八十八桌客！"我就知道是跛了一只脚的二爹要来串门子了。于是，龙门阵开始。起初，只是几个大人在说，孩子们只有听的份儿。说着说着，外面就有了咳嗽声，风雪中有推门而入的声音。然后，再有手电筒的光亮照进窗户，门又开了。一个大火炉，一群大人小孩们，开启了夜晚的自动摆白模式。他们每一个人都既是演员，又是听众，专注而又随性地进入某个话题，又从这个话题自然地过渡到另一个故事里。

那时,没有电灯,没有电视。微弱的煤油灯下,照见一群神采奕奕的人,个个目光热切地盼着故事情节的发展,从高潮处张大嘴巴的惊讶,落到低迷处的忧伤神情。摆白,成了夜晚一种最大的乐趣。我大爷是最会摆白的人,他摆鬼神,摆盗墓贼,一会儿上天,一会儿入地,仿佛那些事情他都曾亲自参与,处处都生动精彩。一说到毛野人的故事,总是让我们紧张万分。因为他总会说,毛野人来了!他就坐在外面瓜棚下那块大石头上,日夜叫喊:"胶粘屁股火辣辣,胶粘屁股火辣辣……"然后他伸手去摸了一把他旁边小男孩的屁股,那个孩子尖叫着躲开,所有人大笑起来。那时,村庄前面的大片土地上,种满了蚕豆,小孩子们都爱吃炒糊蚕豆。我一边吃着糊蚕豆,一边听故事。在我大爷的故事里,毛野人也爱吃糊蚕豆,但毛野人的糊蚕豆是小孩子们的手指头和脚指头。村庄后面的凤凰山腰上有个洞,我总想着那里面应该居住着毛野人,在我们熟睡的时候,他想吃糊蚕豆了,他就会偷偷来找村庄里的小孩子们。

在摆白结束以后,大人们意犹未尽地离开了,小孩子们却一个个不敢睡了。总是在大人们的骂声和催促声里,才不情愿地往楼上睡去了。灯一吹灭,寂静的夜里,有老鼠啃东西的声音,我总怀疑那是毛野人在偷吃糊蚕豆的声音。越想越睡不着,昏昏地睡去,梦里全是毛野人的故事。第二天醒来,总不由自主地要向那块大石头上看去,看看那里是不是有毛野人来过的印迹。有时,恰好有狗屎蛋子几个,我二哥总会指着它们说,看,昨天晚上,毛野人来了。他一直在你窗户下,等着吃糊蚕豆呢。吓得我的头发和汗毛全直立了,好在,这是白天,我才不怕呢。

有时,我大爷们也会摆些关于明朝大才子杨升庵的白,在他们的嘴里永远叫他杨状元,我长大以后才明白他们嘴里的杨状元就是杨升庵。状元郎的故事永远都是街头巷尾村间田头里最拿得出手的戏,因为那是老百姓心中最真切的一个梦，这种梦想无论谁实现了，都代表着一种具体的生活目标。如果这个状元再有些离奇的故事，那就更不得了了。一传十，十传百，版本一再被升级，直到成为老百姓最喜欢的那种版本，在民间广为流传。在我大爹摆的白里，杨状元被贬谪到云南以后，爱上了这里的美山美水，不愿意回朝廷了，就哄皇帝老儿说，云南的跳蚤有半斤，蚊子有四两。还说天高地远想念皇帝，要在云南建一座圣上的黄金塑像，以表日夜思念之情。没想到居然感动了皇帝，赏了他许多黄金。真真假假许多版本。总之，村庄里摆白的话语权掌握在谁手里时，谁就有编造故事的权力。至于听众，有谁又找得出驳倒故事真假的证据呢？故事，它只是故事，专门用来摆白玩。关于杨状元的离奇故事，一边是民间的诗酒山水，另一边是与朝廷的斗智斗勇，样样都让人听了喜欢。于是，这摆起白来，就真的了不得了。上齐天，下至地，处处都有杨状元的影子，他会孙大圣的七十二变，每一次变身都留下许多脍炙人口的故事。被人们摆来摆去，添油加醋，最终都成了白。

村庄里有一户先富了起来的人家，高房大屋盖起，有吃不完的粮食，还养了两匹马和几头牛，有马车，有牛车。任何时代，有车，总是一个富裕的标志。然后村庄里的人在感叹人家取得的成就时，总会感叹一句：你说人家做事就像摆白一样。这里的摆白，就有了轻松，好玩，略微带些小羡慕和小嫉妒，让人难以置信的感觉。

自小到大，摆白，是人们在闲余之时最喜欢的消遣方式。它有多种意思，却也不拘泥于某种意思。我奇怪的是，汉语言的魅力在村庄里复活了，这个奇怪的词语，人们只要一说出口，总能清楚地明白，你要摆的是哪门子的白。摆着摆着，人们的头发就悄悄地白了。

西泽人的柿花情

西泽人一直把柿子叫作"柿花"。每年秋末冬初柿叶落尽时,满树满树的黄色开在枝头,像是一树一树的繁花,在竹林青瓦处,或是旁逸斜出,或是巍然挺拔。一幅幅美丽的乡村画卷沿河岸铺开,从戈平河扯卓河到睦乐河石城河,柿花让西泽的秋冬绚丽多姿。而真正的柿花开在夏天,它隐藏在密密匝匝的绿叶之下,通常被忙碌的庄稼人忽视了。

我不知道是谁率先把柿子称为柿花的,但我认为这也是西泽文化的一部分,把一种具体的东西赋予更美好形象的称谓,这本身就是道法自然的回归。把果拟称为花,就像每户人家对嫁出去的女儿都永远称为姑娘一样,是一种不随着岁月流逝而改变的女儿情。其中隐藏着西泽人爱美的天性。你看柿花树下使针线的奶奶们是青衣蓝秀的,在河里洗衣的姑娘是明眸皓齿的,正在挑水浇菜的小媳妇们也戴上了花袖套。西泽的甜美,历历有佐让,除却白糖和柿花,更有西泽姑娘们甜美的笑,就像开在冬天里一树一树的柿花。

柿花不仅在眼球上吸睛,更是深入人们身心。西泽人喜欢用柿花来比喻一些东西,在人笑得花枝乱颤时,随口说一句,看你笑得像柿花。若是还觉得不过瘾,关系铁到可以胡乱玩笑时,就再升一级,说你笑得像个烂柿花。城里人互相揶揄时,一句笑得像西泽的烂柿花,让笑声又高过一浪。那些在枝头就成熟了的柿花,通常就吸引了鸟雀们的光顾,它们叽叽喳喳地叫着闹着,就在枝头上分食了它们。被它们啄过的柿花就灿烂成了另外一种样子，像极了一个人开心大笑的嘴巴。

西泽人说生柿花会"绑嘴"，硬邦邦的，咬一口上去，生涩的味道顿时让舌头厚了一层，吐了多少唾液，嘴巴还是无法清爽。这种感觉真是像嘴巴被人绑架了，许久还不能松懈下来。摘下来的柿子，就着山上采来的酸楂子，装进坛子或是箱子里捂些日子，当黄色变为红色，捏着软软绵绵的时候，柿花就熟了，入口即化，甜甜美美的滋味儿深得老幼的欢喜。一个"捂"字，隐藏着多少温暖和爱的力量，只有通过时光发酵过检阅过的东西，才有弥新的味道，才有成熟的甜美。村庄里掉了牙齿的老人们最喜欢吃柿子，他们说，这世上最好的水果就是柿子，既不欺负老人，也不欺负娃娃。

西泽人在与人吵架觉得自己被人欺负的时候，就向对方丢下一句，柿花也是只敢捡着软的捏嘛。口气里完全含有对对方恃强凌弱的轻蔑，仿佛丢下那一句就取得了战略上的胜利。真是无独有偶，某天我在教育我的孩子要自己学着强大起来的时候，就用了软柿子来作比喻。没想到，这小子给了我最有力的回击。他说，软柿子怎么了，软柿子人人喜欢吃，因为又甜又好吃，为什么非要像你一样，做一个硬柿子，咬一口都会绑嘴，谁喜欢吃嘛。我瞬间被他击倒，无言之时仔细在西泽柿花的身上找寻琢磨，居然发现了柿花中隐藏的生活哲学。它与大哲学家们所论断的舌头的柔软与牙齿的坚硬，竟然有异曲同工之妙。

柿子树生长得很快，头年才嫁接好的柿子树，第二年就长出很高，枝叶繁盛长势喜人。也许是因为长得快，柿子树的树枝就很脆弱，一不小心就有人因为摘柿子踩断了树枝摔伤致残的故事。柿子树用残缺的枝丫告诫人们，但凡生长得快的东西，都有自身的劣势，不是密度不扎实，就是根基不牢靠。它告诫人们在往高处走时，一定要打好基础，每一步都要踩稳当了。

当西泽人把柿花削皮后，用草绳穿起来，像算盘珠子那样挂晒在房前屋后时，引起了摄影家们的极大兴致。那种感觉就像是西泽人在算计生活，每一粒粮食每一个果子，都要颗粒归仓，喂养舌尖上的馋，换成孩子们的学费，或是送亲访友，一天一年的日子就有了着落。上了一层薄薄盐霜的干柿子，身价百倍地站在西泽乡街上，被来来往往的人们带到各地。

柿花树浑身都是宝，它的诸多妙处，你可以去问问"度娘"。在很久之前我曾写过一篇《有一种花叫作柿花》的文章，我有个热爱古玩字画的男同学看了之后，非要在自家庭院里千方百计栽上棵柿子树，据说如今已是硕果坠枝头了。一想起这往事，我总是迅速在大脑自动生成一幅用柿子当茶叶泡水喝的画面，人间的百病仿佛因为一棵柿子树就有了些依靠，那些"活血降压、灭菌消炎、生津止渴、化痰止咳"的字眼，煞是让西泽人受益匪浅。爱吃柿花的西泽人，不仅满足了味蕾上的甜，更是吃出了健康。回头仔细去想想村间邻舍的人，还真是鲜少听见谁得过高血压。

柿花就是这样占领了西泽人的生活，它们不惊不扰地长在村庄里，成为村庄的一部分，不用浇水施肥，不用灭虫除害，站在季节里，迎风送寒自然生长，到了收获的季节，平添美丽，增益健康。如果你爱西泽，就从爱柿花开始吧，它能给你美给你甜给你健康，还让你明白生活的小智慧。

|第三辑|

鸟鸣嘤嘤

从霓虹到月亮的距离

去年的这个季节，我从窗外看去，远远地看见一片桃花林，风一经过，落红乱舞，缤纷四起。我喜欢静静地看着窗外，对着那片桃林，设想着很多美妙的故事。如果说一朵桃花就是一个尘世里精致的女子，那里将是一个怎样曼妙的世界。臆想与桃林一起绽放、摇落，直到看到一片茂密的绿色。

又是在不经意的某个夜晚，我在办公楼加班，窗外一片霓虹闪烁，远处隐约传来歌声。那片小树林被黑色掩盖着，在光与影之间，它们模糊了。就在我关上墙壁上的灯准备回家时，几米月光从窗外直射进来，桌子上一片皓然的白，我的心顿时静谧安然。一轮圆月正挂在广袤寂静的天空，向大地铺洒着光华。我怔怔地站立着，切切地享受着。

当我把目光投向那片桃林的时候，它们正沐浴在月光下，朦胧的美好带我进入新境。我在低眉之间搜寻着，究竟有多久我没有抬头看看月亮，数数星星了？一任时光蹉跎流逝，错过了人间多少美好的时刻。我一直沉醉在霓虹的世界里，忘却自然，抛弃天籁，以为繁华就是由无数闪烁的霓虹和不醉的歌舞组成。我以为只有向上攀登，保持一颗向上的心灵，我就能得到灵魂的安宁。在我貌似的幸福里，我安顿着疲惫，收藏着不安。只是一次乍现的月光，身与心之间的破绽就暴露无遗。

就在今年，一幢高楼在窗外拔地而起，挡住了我远眺的目光。当那一架机器伸出长手劳作的时候，我感觉它是一个多事的法海，刻意要拆

散一段姻缘。我固执地想着那片桃林，认为花与月是同一类科，透过鲜花我就能抵达月亮。于是，我习惯了向窗外看，看外面的世界是如何喧嚣繁华，想四季的景物如何轮回。让心灵的走近与逃离只在目光游移之间，并一直坚信，保持这种状态可以缩短从霓虹到月亮的距离。

我一路走着，想着。慢慢地知道，从霓虹到月亮的距离，在物质的层面上，只是从一座座高楼的崛起开始，点点滴滴蓄势而成。从这个街区到达那个街区，水泥铸就的森林里只居住霓虹歌舞。月光被遮住视线，即使是空气和水，也被掺上杂质。纯净只是一种被现代元素过滤了的东西，被人遗忘又被人狂热地想念。而在精神的层面上，我只需要一个支点，一种理由，更或许只是一次不经意的翘首与低眉，一次心灵的感动和洗礼，我就能抵达月亮与花朵，让馨香弥漫，让意念丛生。

诚如在向前奔走的途中，我们拼命地想留住的，却一直是狠心地舍弃的。一直忽视的，偏偏是一直存在的。甚至是心中所鄙视的，都不明不白地存在于自己身边。或多或少，有增有减，哪一样都是拜生活所赐予。所幸我还肯低头，还想抬头。恰恰就在抬头与低头之间，霓虹到月亮的距离被缩短了。

那一日，樱花正繁茂，我站在树下迫不及待地与它们亲密着，又是一个抬头，月亮正挂在树梢。我的心惊喜成小鹿，脱口就唱出那一句"透过开满鲜花的月亮，依稀见到你的模样"。从前，我一直认为原创作者是在拉郎配，居然要把两种美好强势地交集在一起。当我蓦然与一首歌的距离拉近时，我又发现我与月亮的距离近了。

回过头来，正看见游乐场里辉煌的灯火，尖叫声，欢呼声冲撞而入。我冒失地跌进霓虹里，身边的小女孩吵嚷着要去坐太空飞椅。她以飞翔的姿势欢笑着，把快乐从高高的地方传递下来。我的目光一直向上看，向上看。忽然，月亮与霓虹重叠在一起，它们亲密得像姐妹。我一直刻意要缩短的距离，顷刻间消失了。

　　我像一个在太阳下追赶着自己影子奔跑的人，无论我再快怎么也追不上。当我累得停下来的时候，影子也停下了。我才知道自己的愚蠢。

　　我在一幢幢高楼前与霓虹亲密，我享受了世界的繁华。我在高楼的转角处约会那片桃林，我享受了心底的繁华。在月晴的日子，我大开轩窗，让月亮跌落在一杯酒中。又是什么样的距离不是我可以抵达的彼岸呢？

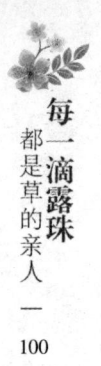

2018 新年贺词

一元复始,万象更新。值冬月十五,满月盈盈,像一个有福气的姑娘的笑脸,银盆喜庆。

迎新,是一种进入未来的态度,在礼花满天时,在祝福声声中。

展望,思索,规划,实践,开创,依然是活着的主题。

一个渺小的个体,行走于天地之间。成为一粒沙,要胸怀沙漠的广袤。成为一滴水,要拥抱太阳的光辉。如此,在物化于泥土的过程中,才可免于坠落的态势。

所能拥有的,一生有限。以五官,感人间十色,照见五蕴。

观自在,观自身!

目光所遇,见斑斓多姿的世界。视觉的盛宴,收揽于心,定格美好。看见你,看见他,看见人世极速的光,看见人间转瞬的丑。在羞于说话时,眼睛收藏着震撼;在耻与为伍时,眼神里泄露鄙薄。打开心灵的窗户,让眼神照进来,世间的早晨从目光开始。

听见,是天籁存于人世的嘈杂。从桃花盛开至马蹄嗒嗒,中间隔着一道帘子。在竖起耳朵的时候,意念里的诗意便灿若桃花。耳朵里,听得见苍凉,听得见繁华,听得见风雨,听得见爱的声音。在言可达意的地方,别忘记让人听见。

酸甜苦辣咸,舌尖告知,嗅觉告知,闻过尝过后,辨别喂养身体的喜好。在味蕾上盛开的食物,养育肉身,滋生奢侈。味道,是故乡的颜色，是他乡的魔力，是从此地抵达彼地的陌生体验。顺水而下，或是逆流而上，生命的源头里，以食为天是最原始的初心。

改造世界的双手，是人类智慧的实践者和施行者，任何意念中的完美，皆通过它来完成。赞美双手的语言是匮乏的，它像阳光、空气和水一样，时时存在于周围，也时时被忽略。通过勤劳的双手，缔造幸福的生活，它不是一句口号，它是人类活着的最初级武功秘籍。

心上有梦，心上有灵。五蕴十色，投射在心波上，成溪成河，汇入心海。心花怒放，心心相印，心有灵犀，心无旁骛，心有余力……心在胸腔里跳动，它告诉我们，想要什么，不想要什么。在起心动念间，莲动月落。不忘初心，时时有爱心，才是有始有终的人生。

长在身上的器官，受之父母，爱之自己。因人而异，才有了不一样的你。不敢毁损，是孝，亦是忠。当有一天需要更换零配件的时候，才发现自己是穷人，也发现自己是富翁。因为不可替代，所以要好好爱戴。

感知，是身体的一部分。幸福或是痛苦，它们都是忠诚的。

上天入地，通达各境，是修行，也是造化。物类之间，皆有磁场，美好与美好终会相遇，丑陋与丑陋也会叠加。以什么样的方式组合，是以一个人的心气场密切相连的。以良善作为底色的人生，无论遇见什么逆境，终有转危为安的底牌。以利益作为砝码的交往，只是一时的欢悦，利去人空时，才知人世的凉薄。唯有情义才是长存于天地的厚德，载人亦载物。

我们在一年复一年中成长、成熟、成功、成仁，也在一天复一天中失语、失落、失败、失去。

新的一年，愿每一个白日既匿的后面，都有继以朗月，都有同乘并载的亲友，游遍人间世故，还保有一颗少年心。

2018年，愿你五官通畅，精神通灵，身体通泰，万事通达！

放 逐

在浩瀚的历史深处,掌权者曾以无数理由放逐过各色官员。有人沉沦不归了,有人逍遥成仙了,有人客死异乡了。同样的路途,不同的归宿。

除了天空冷挂的秋月,除了冬天远飞的大雁,还有那阵阵离人悲歌的琵琶声,与这一路凄凉的心切切相吻。未来就像一个不可预知的黑洞,牵引着人们一步步向前走着。

桌上的茶凉了,没有人再续上,那些辉煌那些灼目都遗失在了万众瞩目的舞台上。台上坐着那个权倾一方的人,我曾山呼万岁,我曾顶礼膜拜,以为这是知遇,以为这是知己,可以托付未来,可以共商四方。当一些阴谋与小人横乱江湖的时候,我成了一枚棋子。在举棋的杀戮中,我成了阶下的大夫。尚能保全性命,这已是格外的恩情。

放逐,放逐了我的身体,也放逐了我的灵魂。

肃杀的北风呼呼而过,冰冻了脸上的泪水,有送行的亲友,神情凝重,泪眼模糊。这次没在深蓝的桃花潭水边上,而是悲壮的易水旁。我对着天空大声说我还要回来的,这里是我的家园。大雁惊叫而过,泥潭里现出它们美丽的身影,竹林沙沙的声音,是给我的离别絮语。

我骑着瘦瘦的白马,踏上远行的路途。天地间孤零的身影,渺小如一个小小的黑点,想着此去经年的凄苦,所有的悲伤被放大了,如倾泻的洪水将我吞没。

这流年的落花无情地飞舞着，这百年的江河日夜奔流不息，还有这路边的浅草。我的马儿轻掠而过，它的背上驮着一个伤心断肠的人。如果给我一柄锋利的锐剑，我定要斩断这枝枝蔓蔓的缠藤，是它牵绊了我的前途。如果给我一壶浊酒，我将把所有的悲恨溶解在酒里，饮下这百年的悲伤，它可以解我千愁，忘记这世间的苦痛。

我宁可做这马蹄下的浅草，可以摇晃着站立起来，一阵雨后我就鲜活了。我宁可是那一季的花朵，盛大地绽放在属于自己的季节里。何苦做了那一个要直立行走的人，如今颜面荡然无存，性命未知。

别了那雕龙戏凤的楼台轩宇，别了那美酒烟花的京城，别了我坐过的那把陈旧结实的椅子。听说那是蛮荒之地，听说那里瘴气病疾，还听说那是民风淳厚的地方。

我喜欢一些淳厚的东西，比如美酒，比如清泉，比如善良的心灵，比如厚重的乡情。想到这些，我兀自高兴起来。风不再那么凛冽，景不再那么荒芜。就把我那些恒久的思念释放出来吧，还有承载着我儿时快乐的童谣。因为这些，我曾那么快乐。

这怎么是放逐呢？这应该是一次生命的旅行。

这沿途的美景，可以养眼养心，它们带着自然的野性穿梭于眼前。这不是我心灵深处一直向往的大自然吗？有风有花有月，这满腹的诗书，趁着年华，一路美景！我的心慢慢在回归，一种天然的本性在一点点复活。田野里劳作的人们在放飞着山歌，耕牛在悠闲地吃草，还有那啼哭的孩子在找寻母亲的乳房。

原来，幸福不是身在何处，而是心在何处。

人们隆重地接待我，热情地表达一种喜爱。这是多么至高的礼遇呀！没有传说中的荒凉，到处是人间的善意。蓝天白云草地举目就是，山风明月清泉尽收囊中。当淳厚种植在姑娘和小伙子们身上时，地狱也闪动着人性的光辉。这该是离天最近的地方。

在山水间徜徉着身心，在放逐里感悟着至真的情怀。高悬的仕途上不再有沉重的叹息，宫廷里的血腥斗争也不再听闻。在柳公的小石潭前观鱼的优美身姿，任汨罗江水滔滔，心中无愤无悲。

有一天，朝廷的飞马传书，我淡然相迎，莫非又是一次放逐？居然是召还的诰书，命我火速回京城。没有一丝喜悦，这年年月月的厮守，我已成了这土地的一部分，又要无情地将我割裂。可这是无法抗拒的君命呀，我再一次委屈自己的心灵。

这次没有悲愤的眼泪，只有不舍的离别。这山山水水间留着我的足迹，那风风雨雨是我走过的脚步，还有眼前真真切切的情感。这些沉甸甸的馈赠，是我一生最昂贵的收藏。打马挥泪，在这山花烂漫的时节。我不敢回头，我怕薄薄的春衫经不起这迎风的珠泪。此去经年，是生的希望，还是死的等待，一切都在权力的杖柄上。我太不想作为一枚棋子，我太不想作为人类，可万丈红尘又何处才是安身立命之地呀？！

一路的浅草对着我微笑，多年以前它们就是以这样的姿态面对着我的悲伤。如今它们还在，却物是人非了。高高的明月挂在天上，随行的人说那是天子的眼睛啊。他一直在盼望着我的归期，我的手指头已算不清楚我走过的岁月了。天子还是那个威严的天子吗？

浩荡的朝野看不出丝毫的异样，一种排异的情愫在慢慢升腾。只有我知道这一颗放逐的心灵是无法收回了。

这一次，我才明白，我真的被放逐了。

你若盛开，清风自来

初识她时，心中惊叹：一只漂亮的花瓶！举止谈笑，有扶风之态、柔媚之姿，这当是某人手心里宠爱的一只尤物。旁人论及年龄，我立即露出"友邦惊诧"的表情，明明已徐娘半老，为何还春华秋实、未受岁月浸染的模样？一问才知她不姓徐，姓王，单名一个琨字。

原来，她就是传说中的她，一个把瘦金体写成24K金的女子。无数人跟我说起过她，说她的刻苦，说她的勤奋，说她的心灵手巧。为什么就没有人告诉我她貌美如花呢？专门夸赞一个人的才华，至少会让人觉得你是个有内涵有品位心向美好之人。在恍然大悟之后，我又抬起头来，仔细地看了她好几眼，还是得出同一个结论：她果真是个美人儿！

那时，我还没开始对书法有些什么迷恋的迹象，我觉得与其在一堆墨色里浸泡着，倒不如去山上听清风看白云来得浪漫。但对书法家却一直有高山仰止的情怀，每当看到我的叔伯祖父们漂亮的蝇头小楷时，我总是生出一些晚生不才的羞愧，也仅限于转瞬就随风飘逝了。当我看到她在墨色里嫣然一笑，妙笔下生出十色花朵时，她迅速地从一只花瓶上升到青花瓷的模样。随口取乐她是宋徽宗的爱妃，笑得她眉飞色舞，花枝乱颤，一副不迷死人不罢休的样子。紧接着，她长袖一甩，用天籁般的嗓音唱了一曲比青花瓷还美的歌，只三十秒的工夫，就眼波潋滟，春心荡漾地入了戏里。那感觉，全然是一个美女子在珠帘画栋下的古典韵味。此曲唱罢，余音未歇，神思全在缥缈之间。于是乎，不与她成为朋友，便是我简陋了。

她就像一幅画卷，在徐徐打开的过程中，不断令人惊呼。纤纤素手，转轴调弦三两声，一曲高山流水便涌入怀里。才是一盏茶的工夫，她早已进入忘我的世界，与古筝融为一体了。此刻，她就是兰陵王，她就是虞美人，多少春花秋月，多少长亭古道，多少红尘往事，都只在她纤纤玉手上，在她清雅高蹈的唱腔里。几曲结束，她回到茶香里，笑成一朵刚刚盛开的花朵，明艳芬芳。然后，开始聊一些遥远的故事，那些已经过去了的忧伤，那些已经结束的孽债，都化成一杯缓缓入口的清茶。一个有故事的女人，便会多增加一份耐人寻味的魅力。我讨厌一杯白开水，凉了再续上的无味，要像她一样，如果没有陈年普洱茶的醇香，也一定要加入玫瑰、金银花、枸杞子，或是蜜蜂、柚子、黑桑葚，端的给自己的生活平添许多情趣。

她的生活，无不与艺术相连，她的人亦生活在古代，这一回是槛外人妙玉，那一回又做了多愁善感的黛玉，有时又是某家才动了小心眼小心思的大小姐。你弄不清她凡心为哪般，亦弄不清她禅意从何起。唯女人与小人，都在她的弦上，在她的墨里，被她调制成清幽的生活。

世间没有哪一个女子不希望自己貌美如花，即使不能貌美如花，也必然希望自己多长成些才华。偏偏有人已经貌美如花，明明可以靠脸来吃饭，却偏要挤在人群中与人拼才华。拼一样也就罢了，却还要打个盘脚坐在琴棋书画里，以一副永远不想醒来的陶醉模样让人羡慕和嫉妒。

每一天都是生活，但不一样的人就是不一样的烟火。好想如她那样，只做自己的主人，每天都忙于度自己，度别人，读书，写字，弹古筝，还写古诗。闲暇时刻，收几个弟子，专门教她们纤手弄巧，弦分几等，墨成几色。也想如果有个女儿，巴巴要送给她当弟子去。在耳濡目染中，我不再害怕她没有生得如花容颜，因为她绝对会有倾城的才情。

人至中年，情趣对于一个女人浑身的修塑，便会产生一种巨大的张力，它必然是对一个女人最高级别的辨识度，不用闻香来识，即使远远一瞥，一袭飘飘衣袂，宛如惊鸿，过目难忘。腹有诗书气自华！她的气质，在一颦一笑里，在举手投足间。我有时就会升腾起些深刻的妒意来。可我亦知道，嫉妒只是一把利剑，且专指向自己。不如自己也做一个修行的人，在艺术的海洋中潜伏下来，经得起寂寞，受得住诱惑，且看华发丛生时，能否多些雅姿玉态。如果再能多些同伴，就更好了。我美美地设想，多年以后，在灯火阑珊处，会不会有许多活成妖精的怪物，老了，还明媚浅笑，还引人注目，还有吸人气场。

浮生一记

春风一阵紧过一阵，吹开了墙角的梅花，又吹散了它的香气。没过几日，紫玉兰和白玉兰就灿灿然地开了，推开窗，就看见它们妩媚的笑。处处都是踏春的消息，蝴蝶、花朵，及人群。看看，也便只是看看。没了向外蠢动的欲望，也便有了向内观照的时间。接纳自己，接纳万物。

屋内的案头，养了小盆多肉的佛珠，它施施然地垂下，珠帘妙玉，绿波嫣然，春天像是被我抱在了怀里。想起李清照的一句词，"不如向、帘儿底下，听人笑语"，就有了十分的意味，万般的拿得起，放得下，就在这听人笑语里。书香、墨香与春花争妍，安静地低眉浅笑，洒扫一条幽径，专门通向心的隅所。

接到有朋自远方来的消息，心欢悦，匆匆去接了火车。在火车未抵达的时刻，听一曲自己喜欢的曲子。顺道又去故人那里讨了杯清茶，得冰心一片，寿山石一枚。他山之石，可以攻玉，欢颜地觉得一切相逢都正好。

友惦记一个叫花小沟的地方，柴门始为君开，李花正在张开小嘴，含苞数春意，两枝疏浅的梅，暗香轻袭，像是在等一个早该到来的故人。茶香起，笑语盈盈，如阳光暖暖地照下来。有的人，注定要教会你一些东西。在有意无意之间的对话里，让横横斜斜的小路指向更加明晰。深深浅浅的触角伸进蓝天、红尘及厚土里，滋长一些可能与不可能。一些人，无论在与不在，都会以一个影子的意象，存在心里。

把盏是欢愉的，离别亦是欢悦的，散去的筵席终还要再聚。一列火车远去，像是我梦想的延伸。我投进几页书里，让心长出十里春风。还固执地在生宣上写了几十遍这四个字，看着墨与水在宣纸上浸染，浓淡之间的五色，疏疏密密地在纸上游弋，顿生出些鱼儿的快乐。

翌日醒来，正是周末，由着性子慵懒。梳洗之后，惊觉少了样东西。戴在手上的手链，不知什么时候丢了。光秃秃的手脖，就像冬天掉光了叶子的树。沮丧了好一会儿，又不甘心地找寻了一会儿。竟不知它何时就远离了我的身体，就像一些曾经的情分，走着走着散了。

那是某人送给我的价值不菲的生日礼物，一直很喜欢。某人说，丢了就丢了，一条手链而已。就是不肯多加一句，我重新买一条给你。安慰少许，沮丧依旧。这男人，硬是不懂女人心。我要的不是什么礼物，是依附在那小物件上的心思而已。一些不期而至的小惊喜，可以让我明显地感知我正被人深刻地重视。即使经历了万水千山，我依然有能力做一个有情有心人。这是我在物质之外所能获取的心灵上的自我认同。

转过身，在角落里，遇见一只旧虫。说是旧虫，是因为我已经见到它好几天了。它在那个角落里来来去去的，我们彼此不打扰。大概是，它在夜里有过向上攀爬的举动，一不小心摔下来，在四仰八叉的姿势里挣扎。它所有的脚，一直在动，像一个举着许多手投降的小团体。它曾多次尝试着把身子弓成九十度，试图翻过自己的身体。

这一条卑微的生命，它的无助在我的眼底毫无保留地铺开。正如人在大千世界所做的种种努力，有时拼尽了全身的力气，还是不能救回自己。想必，我也是一只努力的虫子。一定会有人在我的困境中给我一根枯叶，助我抵达彼岸。这么一想就有了相惜相怜之意，伸过手轻轻帮了它一下。它像是得到了巨大的赦免，欣喜地向前爬行了两下。但马上又停了下来，大概是它以为又遇到什么敌人，立即变成装死的状态。我有些小恼怒，怨它不懂我的救命之恩。又拨弄它一下，这回它把自己变成一粒花椒的样子，完全是抵御外敌入侵的全战线状态。我又怨自己，像个坏性不死的小人，帮了它，还要戏弄它。好吧，我什么也没看见。

某人见我贪玩，戏谑我丢失的东西。其实，我真忘了。就在我的视线被另一种有趣的事物吸引时，我就推开了纠缠烦扰的过去。放下与放过，皆是心灵的动词。心渐渐宽大，容下万物，容下残缺。

浮生若梦，每一天的际遇，都让我心怀小感恩、小欢喜。在我的目光和心灵所能抵达的地方，愿意慢下来花一盏茶的工夫，慢慢品味当下。回首从前时，没有呕心沥血的遗憾，张望明天时，有如歌岁月可期待。如此，便好！

来不及说再见

听到你过世的消息,我并不意外,但这个意料中的结局,还是来得太早了。

我还记得,去你家看你那一次,你依旧爽朗地跟我们一起说笑话,一起说生命多美好,你说你会战胜病魔的。那时候,我觉得你的心就像你们家客厅里那幕开满格桑花的墙,勃勃生机的样子,我放下心来,并坚信你的心灵强大到能让病魔停止脚步。

我好喜欢看你豪气干云地抬起酒杯说"干了就干了",然后仰起脖子一口干了,又面不改色地喝了一杯又一杯。一群文字的亲戚们坐在一起,就着欢笑下酒的日子,谁又能听到死神匆忙的脚步呢?

别的病人需要家属掩饰真实情况,而你,从一开始,你就明白。从手术台上下来,全身插满了导管,化疗期的痛苦,你一一咽下,才稍微好些,你就拖着弱弱的身子,写下催人泪下的文字。

你平静地述说这一路走来的辛酸苦痛,平静地说,不久的一天你将要离去,却特别对亲人们尤其是小侄女的照顾做了由衷深情的赞扬和感谢。生命的最后一刻,你依然忘记不了感恩。你的性子,白酒那样热烈,红酒那样温婉。我不知道,你在写着这些的时候,是不是泪流满面,而我,却是无法抑制。

我看到了你渐行渐远的背影,我看着你,一直静静地看着你,想着你。想你会回过头来,一如往常那样,明媚地笑着,露出你洁白整齐的牙齿,爽朗豪气地说,我先走了!

后来,我慢慢听到你身体再度恶化的消息,即使是这样,你穿着红衣独自在湖边散步时遇见的那一次,也是那么与众不同。除了明显的消瘦以外,你还是把自己苍白的脸涂上了层薄薄的胭脂,看上去,你还是个健康美貌的女子。我知道,你一直要做个精致的女子,一直拥有浪漫的情怀,如你的笔名那样,踏雪寻梅,多么多么诗情画意!

一幕幕回忆,化作更伤心,藏在脖子的深处。

曾经多少次,我很想去看你,或许应该给你打个电话,可是,我不知该用什么语言来安慰你。在一个行走在生命边缘的人面前,所有的语言都会是苍白无力的。我害怕我的语气会变成生离死别的痛苦,我担心我强作的欢笑会刺激你的敏感。以什么样的方式出现都那么不合时宜,就不如不出现吧!

我知道,你若离去,后会无期。从此,天堂的路上是不是就有了你的笑声?我无法去猜想、设想、假想,只能怨苍天不灵,恨大地无情,让你早早凋零。

这修修远远的路上,因为文字,我们遇见了,拥抱了,可还没有说要道别的,那一声还来不及说出口的再见,一直哽咽在喉咙里。这转身一别,就真的永远不见了。泪,如心高悬,急急忙忙掉在地上。

那么帅的哥

某个微冷的夜，陪刚下自习的小子出校门去买文具，娘儿俩有说有笑地傻乐呵。从最初抱着他出门去总被人说"娘壮儿肥"，至如今出去被人说是"姐弟成行"。陪伴他成长的时光，总是那么斑斓明亮。忽然，他就不言语了，貌似有点紧张的感觉，然后悄悄地用手碰碰我的手臂说："妈妈，那么帅的哥，你居然没看见？"我问："谁？"他说："我们钱老师啊！"我回头望去，一辆自行车上载着一个全身运动装束的人正渐渐远去。

夜黑灯稀处，要让我辨认一个我不大熟悉的人，这显然是有些难度的。而小子就有了些微愠，甚至还娇憨地问我："妈妈，如果连这么帅的哥你都看不见，真不知道，你当年是如何看见我爸爸的。"他如此言语，至少向我传达了一种最可靠的信息：他无比崇拜他的语文老师。即使在这几次语文考试中，他的语文成绩平平，我也从不担忧，我坚信有一天，他的语文成绩会好起来的。我记得在我的印象中，对于自己喜欢的老师教授的学科，我从来没有学不好的先例。

我一直觉得我是幸运的母亲，自己没做好一个出色的家长，却常常意外地遇见一些出色的老师。在小子眼里，老师的话是圣旨，必须执行彻底，而妈妈的话是不重要的文件精神，适当领会领会就过去了。更多的时候，我只是一个照顾他衣食住行的保姆，甚至连保姆也做得不那么称职，但我常常能在某个不经意时刻像一束恰当的光，引领他走一段狭黑的小路，在他经过的路旁边种植一些花的芬芳、果的缤纷。关于那些知识的填充、理想的充盈、精神的成长，大多是他的老师们在做的事儿。

我期待每天他下自习回来与我滔滔不绝地分享，然后睡在床上吼上两首歌，亲热地向我道完"晚安"后，他就安然入睡了。从他那里，我知道他有一个认真负责的班主任缪老师，是他的数学老师。他这么对我说："妈妈，无论我去得有多早，我们缪老师都一定比我早。我想超过他一次，但一次都没成功。""我吃了感冒药，眼皮打架得厉害，但我不可能睡着的，因为缪老师讲课的声音很大，强调的语气很重。"他怕缪老师，是带着敬畏的那种怕。说他上课时很凶，下课时又很温柔，想亲近也不敢，想疏远更不可能。又爱又怕的感觉恰好是一个学生该对班主任老师应有的最佳距离，真好！他这样总结老师们的授课方式：缪老师是激情授课法，钱老师是趣味授课法，高老师是传统授课法，样样都好。

每每提到钱老师，他就有说不完的话题。于是，我知道了钱老师讲课的声音抑扬顿挫，课堂气氛轻松幽默，知识面拓展得特别宽泛，即使批评起学生来，也是那么与众不同。比如某次班上一个叫雄的学生回答不上问题，钱老师幽了那个学生一默，说："难道你真想做个小狗熊吗？"笑声中的批评，总比严肃的批评更容易让人记住。有时他还会与学生打成一片，称学生为"某哥"。还有一次我从济南回来，小子就要考我趵突泉边的对联，他信口就背出来："佛脚清泉，飘飘飘飘飘下两条玉带；源头活水，冒冒冒冒冒出一串珍珠。"一问才知是钱老师课堂之外发的"福利"，他居然记下了，还把我考倒了。

我猜想是缘于钱老师的优点太多，学生们太喜欢他，所以他就成了"最帅的哥"。不是说，人不是因为美丽而可爱，而是因为可爱而美丽吗？这话，应该也同样适用于男性。而小子不同意，他说："是因为他本来就帅，简直帅呆了，与汤姆·克鲁斯一样帅。"他还强调，"就是《碟中谍5》中那个男主角，老妈，难道你不记得了？"然后他学了一个剧中的动作，霸气与帅气侧漏的那一个镜头。我可是从小汤到老汤的铁粉，从《壮志凌云》开始，崇拜到近乎脑残，连他身边不断变换的女人也全盘地喜欢了。这下，我缴械投降，我说："好吧，小子，我承认你们钱老师就是最帅的哥了。"

常常遗憾，不能成为一名光荣的老师，备受学生喜爱的荣宠，尽享桃李满天下的成就。如果有一次可以重新选择职业的机会，我想成为一名老师，成为一名学生爱戴的老师，有学生愿意以我的样子来衡量美丑，以我的行为来判定是非。其实，也就是我家小子口中那一句"那么帅的哥"，身为人师，足矣！

女人之美

心底一直喜欢旗袍，认为女人的曲线与玲珑都能在那一袭袭典雅高贵的华袍里彰显。张曼玉在《花样年华》里的精彩，让我深深地喜欢这个芳华不凋的美人。旗袍虚掩下的万种风情，传情美目里流淌着的百媚横生，无一不是致命的武器，那一种形那一种态诠释着女人极致的美。

有看过对张爱玲当年装束的描写，说她去印刷厂校稿时，因她的装束让所有工人们都停下了手里的活儿。我不知道爱玲当年是如何装束的，定然是惊艳无比。同时也让我想起了对于罗敷当年在城南隅采桑时的描写来，"行者见罗敷，下担捋髭须。少年见罗敷，脱帽著帩头。耕者忘其犁，锄者忘其锄。来归相怒怨，但坐看罗敷。"没有多少笔墨来描写罗敷具体的美，却让人遐思无限。见过爱玲无数的照片，她不属于那种有花月容貌的女人，却是极有态的女人。

女人之美，在于有态、有神、有趣、有情、有心。我认为最美在于态，媚体迎风的喜之态，微嗔柳眉的怒之态，梨花带雨的泣之态，胸雪横舒的睡之态，甚至是斜倚慵慵的懒之态，怏怏息息的病之态。这些都是女人另类的美，唯有内心精致的女人能折射出这些形态上自若的美丽来。我想爱玲就是拥有这样的美丽！作为女人，也许我们不一定能做到有态、有神、有趣、有情，但至少我们一定能做到有心！

我钟爱于旗袍的情结也有来自爱玲的影响，看得最多的那一张照片便是着旗袍装的那一张。优雅而骄傲地站在那里,嘴角里露出她看破尘世的拈花微笑。我也喜欢穿着旗袍的自己,仿佛穿上它,我就远离了生活的粗糙,让身心安放在一个精美的瓷器里。有种洗尽铅华之后的素净淡雅,俏然站立于发际。那些种植在内心深处的笃定和柔软,和着古琴与茶香,曼妙婉转,眼波流动。

明代诗人张潮曾说过有关女人之美的经典语言:"所谓美人者,以花为貌,以鸟为声,以月为神,以柳为态,以玉为骨,以冰雪为肤,以秋水为姿,以诗词为心,吾无间然矣。"当我心中的女神董卿站在"诗词大会"的舞台上,口吐莲花,香气弥漫时,我觉得她就是天下第一美人。

一些天生的东西也许无法丽质,但后天的修为是可以造就女人的很多美的。就像我们看到一个容貌丑陋的女人却觉得她很有味道的感觉,所以才会有了那一句这世界上只有懒女人而没有丑女人的说法。一些先天不足的东西可以通过后天来弥补一些,我一直深信上帝在关上一扇门的时候一定会为你打开一扇窗子。我们就没有资格不去爱自己,让自己更美一些,美化自己,美化生活!

不知是谁做了关于女人美的论断:"人之美,下美在貌,中美在情,上美在态。以镜为镜,可以观貌;以女人为镜,可以动情;以男人为镜,可以生态。无貌,还可以有情;无情,还可以有态;有态,则上可倾国,下可倾城。"这倒是与我心中对于美的审阅产生了高度共鸣。窃以为,不论是女人的哪一种美,只要是发自心灵深处的自然流淌都能让人动情动心。

己心妩媚,则世间妩媚;己身美丽,则世间美丽!我们可以从自己做起,做一个爱美的女人,一个懂美的女人。即使我们无法拥有天使的容貌,也一定可以拥有天使的微笑。

试着飞翔的姑娘

在一个没有月亮的夜晚，洗去一身灰尘，进入睡前听书世界。手机里正播放着我的一篇文字朗诵，它正被一个有心的女子动情地演绎着，扎实地给了我一种特别的惊喜。柔美温婉的声音，软软的，绵绵的，如棉花糖一样，甜甜蜜蜜地从我的耳朵传到舌尖，再沁入心底。在恍惚如醉的一刹那，我好像是被自己这样一种情愫深深地打动了。那时，我与这个叫亚娜的女主播，还陌生得像两颗遥望的星星，偶尔在一个晴朗的夜晚，照见彼此幽冷的余晖。无可否认，我们都是愿意装饰美丽星空的人，在点头颔首之间，在默默不语处，我们都在努力做最好的自己。

一个隅居小城，一个远在帝都。我们通过彼此放射的光，来感知对方的存在，得到启示和共鸣。那些细细碎碎的文字，那些念念想想的照片，让我们之间心的距离越来越近了。我以为远隔千山万水的身体，需要一次恰到好处的缘分来临，我们才会在一个清风送香的明媚春天里紧紧地拥抱。却不期这样的缘来得那么快，在某个毫无预兆的日子，亚娜就来到了我居住的小城。她明艳艳地向我招手，像一条从湖面飞起的鱼，迅速地占据了我的视线。都说人与人之间的相遇，是一次次久别的重逢，气场相同的人，不是已经成为朋友，就是正走在成为朋友的路上。就这样，我与亚娜成了一个场域里气味相投的朋友。

线上线下，她款款而来。才知她不是女主播，才知她不是帝都人，才知她不屈不挠，才知她要用一生的时间尝试飞翔。一个貌美的女子，长了一副好身材，还有一副好嗓音，却偏偏要去与人拼才华。更让人嫉妒羡慕的是，她拼赢了。除了喝彩和鼓掌，就只剩下感动和祝福了。我忽然对眼前这个美娇娘有了些拔地而起的爱慕之情，恨不能生为男儿身，恨不能用九千株玫瑰、九万朵牡丹去为她制造一次浪漫的感动。我承认，在所有美好事物面前，我都愿意举手投降，愿意匍匐称臣。我一定要毫不吝啬地献上我所有的赞扬，那是白杨对泉水的礼赞，那是花朵对春风的吟唱，那是诗人对大海的爱恋。

　　她还是一个山东德州姑娘时，我不认识她，但我很想知道一个德州的姑娘是如何蜕变成北京姑娘的。这对我来说，无异于灰姑娘和水晶鞋的故事。在一个许多人被剪去翅膀失去飞翔能力的大环境里，到底是谁借给她一对翅膀，给予了她飞翔的能力？我的门和窗都被上帝派出的恶魔堵死了，当我在黑暗里摸索着从生存过渡到生活的时候，亚娜的心中还收藏着梦想。正是梦想给了她一对隐形的翅膀，于是，她勇敢地穿越了一道道墙壁。每一次她都告诉自己，我为什么不能去尝试一下呢？这一尝试，就再也没有停下来过。硬闯语言关，强过技术关，她完成了一次次华丽的转身。从去奥运会做志愿者开始到调进京城的路上，每一步都走得坚实铿锵，她义无反顾地在尝试着飞翔，终于，她飞起来了，飞高了，飞远了。

　　在我羡慕她飞得高远的时候，亚娜的神情黯淡下来，就在这期间，外公外婆相继离世，老父亲的几次病危，让她从飞翔的高空中一次次跌落下来。她没日没夜地守在父亲的身边，尽一个女儿的孝心。亚娜以为，美好的生活不外是亲情环绕，友情莫逆，事业矫健。在她飞翔的日子，处处河山壮美，人人得享其乐。然而，天有不测风云，老父亲还是丢下她，走了。漫天的疼痛啊，让亚娜暂时失去了飞翔的力量。她永远都忘记不了父亲的眼神，在每一次试着飞翔的日子，总有父亲温暖坚定的鼓励。这一去，阴阳相隔，再无枝无依。失去父亲的女儿，没了飞翔的天空，一对受伤的翅膀躺在医院的床上。亚娜的疼，让天空下起了雨。雨过之后，是两潭深情的眸子。她还是说，她想尝试着飞翔。

再次见到亚娜时，像是上帝要给我一次来而又往的礼节。穿过京城如蛛网的地铁，亚娜如约而至。坐在我身旁，说她刚评选上的世界旅游形象大使，说她工作环境的愉悦，也说京城的拥堵和雾霾，还说孩子们的伶俐和叛逆。亚娜在孜孜不倦的公益活动中，拓宽了她的人生道路，让善良和爱牢牢地长进她的骨子里。在她温暖的场域里，我的身心皆得到加持上扬的力量。亚娜说，所谓生活，就是生机勃勃地活着，她的身体里似乎常驻着一个盎然的春天，她愿意在每一片土地上播撒希望的种子，每一次都以尝试的心态去挑战一切新鲜的事物。这一尝试，她的身体就走在了通往灵魂自由的路上，于是，一个个平淡的日子就有了花朵的气息。

这座城，因有了喜欢的人，一下子变得亲切起来。我们握手言欢，我们相视一笑，我们相约明天。她感染着我的脚步，我延长着她的欢笑。时光安然，华年正好。恰值油菜花开的时节，亚娜说家乡盛开的碧玉黄花，我说故乡绵延千里的黄金满地，我们都在对方的描绘里，想走近彼此的童年。那时，我们都还是天真烂漫的小姑娘，我们都还有不灭的梦想。唯一不同的是，亚娜的梦想是可持续一生的，而我的梦想有了折断翅膀的残缺。亚娜优雅地端起杯子，小小地饮了一口，透过一双明亮的眼睛，她说，其实，你也能！我的心微微有了些震颤，什么时候，我也应该如亚娜那样，能滋生一颗勇敢的心，在不断的尝试里体会飞翔的喜悦？

离别，总是淡淡的微笑和紧紧的拥抱，但每一次离别之后，总是一种别样的回味。这样一个精致的女子，她让我在千万人之中遇见了。我仿佛在这个春天，忽然就有了些想飞翔的力量。愿亚娜在蓝天深处，飞过高山，飞过大海，到达每一个她想要到达的地方。

追忆似水年华

那一年九月，麒麟西路上的夹竹桃开得正艳的时候，我成了曲靖财校的一名新生。

一个年仅十五岁的姑娘扎马尾、穿布鞋、着陋衫，怯怯地跟在父亲的身后进了校门，在被学哥学姐们看猴子一样的笑声中，见到了班主任郭莉老师。她用温暖亲切的怀抱接纳了我的不安和陌生，并给我树立了一面飞扬的旗帜。我喜欢被女人统战的任何地方。父亲宽厚地笑笑说，女孩子嘛，有个女老师当班主任更好。

就这样，一群来自曲靖各县市的、高中生年纪的孩子，就成了郭老师的学生，我们有了一个共同的集体——财政409班。郭老师像个严厉而又慈爱的妈妈一样，在传道授业解惑之余，还要关心我们的衣食住行，耐心细致地抚慰一颗颗年少想家的心。教室里、球场上、花园里、图书馆里，处处都有我们成长的印记。有被表扬时的欢愉，也有被批评时的泪水，这些都是我们成长的斑斓时光。

一个认真负责的班主任，带着57个优中选优的好学生，学习和集体荣誉就成了一路前进的奋斗目标，一切向着学校的目标"打一手好算盘，写一手好文章，写一手好字，记一笔好账"行进。多少个午后的时光，都让双手翻滚在小小的算盘上，多少个周末，都在为黑板报上的文、字、图战斗。常常，我们都忘记了没有升学压力这事，我们只知道我们是学生，还需要好好学习、天天向上。

那时，我们都还有一颗向往大学的心，但我们都被剪断了飞进大学校园的翅膀。为了那一纸神圣金贵的大学文凭，班里有同学悄悄参加了自学考试。还记得因为缺课参加考试的同学被罚站在教室外面的倔强神情，他们以一种不屈不挠的坚毅最终赢得胜利，开启了允许在校学生参加自学考试的大门。从此，晚自习后，教室里依然灯火辉煌的时光就屡见不鲜了，两年不到的时间，至毕业前夕就有许多同学通过了自学考试的大部分学科。至于学业水平的测试，球场上的竞技，舞台上的展示，从来没有哪一样不认真对待。我的档案里装着辛勤换来的证书无数，曾有人跟我说，从未见过谁的档案里有那么多荣誉证书。尽管这些证书在后来的日子里，还不及一阵风吹过实在，但那是我一路攀折的花朵，正是它们见证了我拼搏向上的美好少年时光，我以此为荣为傲。

比学赶帮超的学生生活中，当然也免不了有同学在结伴前行的路上，产生些深厚的友谊，女学生们的姐妹情，男学生们的兄弟情，那是让郭老师眉开眼笑的事儿。然而，青春期里的不安分，难免会让男女学生之间有了些蠢蠢欲动的情愫。才是开端，郭老师就表现出如临大敌的样子，她眼观四路，耳听八方，硬生生地掐灭了那些星星之火，让朦胧爱情这等青葱岁月的美好与我们绝缘。偶尔，也有胆大的同学偷偷在花前月下诉说些小相思，品尝些小甜蜜，均无一例修得正果。

毕业前夕的某一天，女生们聚在郭老师家包饺子。郭老师说，或许她应该早些放开，不要对我们管理得那么严格，我们的青春期就会增加些更美好的回忆了。事实上，自由泛滥的水容易决堤，放任自流的少年更无边际。感谢郭老师给了我们一个温柔安然的港湾，让我们健康地走在成长的路上。正因为我们没有虚度时光，才让我们在后来有资格感激昨天的努力。

毕业时的忧伤似乎还残留在脸上，记得当初拥抱离别时的滚滚热泪,说好了要三年五载就聚,说好要你来我往成为永远的亲人,可是,各奔东西后的生活总是让人应接不暇,恋爱、工作、考证、买房、结婚、生子,种种俗务的束缚冲淡了我们的誓言。甚至有两位同学英年早逝,切切地让我们感知了死亡悄然来临的恐惧和悲伤。咫尺天涯,我们都成了失散的亲人。

二十年的时光,有时真像一个梦。这是一棵树还来不及长成大树的年轮,于我们,却是一段没有回程的美好旅程。好在,我们华发未生、皱纹浅淡,正是风华正茂的年龄,正担着社会中流砥柱的责任。我们都走在自己的路上,一些人升官了,一些人发财了,一些人在平凡中见证岁月悲欢,一些人在平淡中品味生活真谛。我们都成了大千世界里的一棵棵小草,但无一例外的是,在每个清晨,我们都拥有一颗晶莹的露珠。我们都在我们的生活里,活出不一样的自己,永远不改一颗初心。

在同学们的热情倡议下,传来要二十周年同学聚会的好消息。我忽然就有了些小激动,想去看看那些青葱的少年,在步入中年以后,该会拥有什么样的气场。无论职务高低,无论身家多少,只想在这个雨季里,回首我们一起走过的花季,唱一回我们唱过的班歌,还想热烈地拥抱已经退休了的郭老师。

最美的女人

我对一个女人的嫉妒缘于我十岁的儿子。他今年上五年级了,从一年级开始,每当有人问他世界上最美的女人是谁的时候,他总是毫不犹豫地回答,我们刘老师!这五年中,他从未改变过他对审美的看法,一直觉得他的班主任刘莹老师是全世界最美的女人。

刘老师的话在我儿子的心中有异常的分量,堪比皇帝的圣旨,他务必遵守。甚至刘老师的鬈发和裙子,他都十分关注。有一次,我把头发烫卷了,他高兴地说,妈妈,这下,你快要赶上我们刘老师了。我假装生气,他就说,妈妈也很美,你们并列第一。

刘老师是江苏徐州人,因随军转业来到云南宣威。她接手一年级时,很多家长都选择了有口碑的名师,我受当时校长的建议说让孩子在刘老师这个班。没想到,我这一决定,后来成了很多家长羡慕的英明决定。

开家长会时,她说不要求每一个孩子都出类拔萃,但必须一生保持积极向上的心,她不会放弃任何一个孩子。而且她一直是这样践行的,班上有个智障的孩子,她花费精力尽可能让他多懂些,做到尽力而为。那个孩子的成绩居然常常会比少数健康的孩子更好。她叮嘱班上的孩子帮助他,不准欺负和嘲笑他。

有一次,我问儿子,刘老师喜欢你吗?他坚定地回答,当然喜欢。因为我们刘老师说了,她喜欢我们班每一个小朋友。难怪,在去年刘老师的父亲生病时,她几次离开,都让孩子们心心念念地盼着想着。儿子天天催促我,赶紧打电话发短信,问问刘老师的父亲好些了没有,她是否要回来了。

那时,孩子们多盼望刘老师赶紧回来,学校换了一个又一个的老师,硬是镇不住这班淘神的孩子们。他们以各种方式排斥和拒绝着别的老师,在他们的心中,谁也不能取代刘老师。我每天从儿子放学回来的叙述中知道了问题的严重性,他说班上有许多比他更想念刘老师的同学,并举例说有很多女同学说想刘老师,说着说着就趴在桌子想哭了。

我慎重地问儿子,你爱刘老师吗?他说,爱!我告诉他,若是真爱刘老师,在这种时候就应该别让刘老师操心。每一个老师都能给他们传授知识,唯有把学习搞好了,刘老师才能安心才能开心。这样,她才能安心照顾老人,等老人好了,刘老师就很快回来了。

第二天回来,儿子高兴地说,他已经向他们班的很多同学说了妈妈的意思,他们知道应该怎么样爱刘老师了。曾经,一个当老师的姐姐带初二的一个班时,调工作转行了,因为学生太爱戴她,居然没有谁再能把这个班级管理妥善。姐姐多年后还后悔她当初做的草率决定,是她害了那一个班的学生。

我很害怕那一种结局,所以每天都要和他交流,从他的言谈中了解孩子们心灵的动向。如果错失了矫正的机会,我想就是做一个家长的失职,我绝不容许这样的事情发生。

终于,刘老师回来了,全班同学像是见到久别的妈妈那样,恨不得个个扑在她的怀里撒娇狂欢,喜极而泣!

我高悬着的心也终于可以踏实地放下了,仿佛刘老师的归来,给了我某种心灵上的安慰。我和我的孩子都习惯了在她营造的宁静港湾里学习和生活,我放养着我的孩子,她在属于她的圈里塑造着他们的成长。

在优秀和快乐之间，我向来选择后者，而在成人和成绩面前，我永远只选择前者。出类拔萃的人必定只是一个集体中的少数，天资历来有所差异，只要你努力了，你就是最好的！我一直以这样的方式要求我的孩子，把品德和态度放在他成长的显眼位置。

我很感谢孩子遇上这样的好老师，这是一种幸运，也是一种福气。在很多孩子的眼里，妈妈必然是世界上最美丽的女人，而面对我儿子一直的坚定时，我不能说我没有一点嫉妒之心。这种带着娇嗔的嫉妒中却又饱含着无限的欢喜，我十万分愿意输给刘老师。

书香伴流年

近日，开书吧的友人因事关张，对那一屋子书的去向愁眉苦脸。她不忍心把这些她精心挑选来的书籍贱卖了，就想找一个能善待它们的主人。这种感觉有些像一个母亲给最小的闺女选一个良人家，有种舍不得，又必须做得小心和谨慎。她翻起这本看看，摸着那本瞧瞧，终是狠下心来，说了句，都送给你了吧。她转过身去，眼里似有泪光，用手抹了一下，又转过头灿然地对我说了一句：还是送给你最合适。

我在欣然接受的同时，又为它们的存放位置而苦恼。家里几个书柜全都满满当当了，就连角角落落里也堆满了许多书籍。沙发上，餐桌上，卫生间，在举手能及的地方，都是书。忽然就想起那间为陪读而租的房子，便找了十几个大箱子，一并拉了过去。看着这些"黄金屋"和"颜如玉"，一间陋室突然就熠熠生辉起来，何陋之有之感顿生。

我还未等得及买回书架安置它们，孩子就迫不及待地打开了箱子，就像蜜蜂看见了花朵那样，狠狠地吮吸起来。他自己读得过瘾，还约上好几个小同学来家里分享，每个中午或是晚上，他们就在那些书里找寻自己的精神食粮。从心灵鸡汤到励志成长，从一首现代诗到一曲经典的歌词，都能吸引他们的目光。每天回去，从那些摆放无序的书籍中，我都能洞见他们阅读的痕迹。在这个小小的临时图书馆里，我暂时充当了一个图书管理员的角色，我不想去左右孩子们应该阅读什么，在知识的海洋里，"开卷有益"这四个字最恰当。我始终相信，在一个有心人那里，即使是一份菜单，也一定能有新的发现。

在孩子还很小的时候，我偶尔会在他的书籍里夹几块零钱，那时，他对钱的概念还很模糊。每当他翻到那页书看到钱的时候，总是很惊喜地说，妈妈，钱，我找到钱了。就像儿歌里唱的那样，在马路边捡到一分钱的感觉。我告诉他，书中自有黄金屋便是这样的意思。孩子手舞足蹈地去寻宝了。但在他寻宝的路上，不断被那些新鲜的故事吸引驻足。最后，他忘记了他的目的，书籍想要告诉他的故事就成了真的黄金屋。

令我没想到的是，有一天，想要买一本书会成为孩子最想要的奖励。也许是那些日子太贫穷了，为在城里谋得一处安身的房子，我们节衣缩食。终于结束了为银行打工的日子时，已经养成了一种节约的习惯。孩子每每在得到我的赞扬的时候，总会趁机说他想买一本书。这多少让我有些心疼，我告诉他，宝贝儿，买书的钱，妈妈天天都有。他很开心地去挑书了，但一直很节制，不肯买许多。有时，还与同学们互相交换，说这样可以节省妈妈的钱。

在孩子上二年级的时候，老师要求写作文时，他写了这样一段话：星期天，爸爸在读书，他在读金融类的书，梦想着有一天能赚多多的钱；妈妈在读书，她在读文学类的书，妈妈希望有一天能成为作家；我也在读书，我在读童话故事，我希望有一天芝麻真的能开门。如今，他上初二了，翻开他写的这段话，追问来去，反复咀嚼，告诉他坚守梦想是一种多么奇妙的事呀。他的爸爸在追求梦想的途中，得到了应有的回报，而我亦实现了我的梦想，在文学的领域里，以永不放弃的姿态努力着，数次荣获大小奖项，出版散文集三部。其中一部还上了亚马逊畅销书排行榜，排列前后左右的名字都是能把我吓出一身冷汗的大师们，惶恐之心惴惴难安。虽然成绩尚且单薄，但比起许多人虚度的光阴，我依然可以小小地骄傲下。孩子举起他的双手，以坚定有力的态度告诉我，他的梦想也一定能实现。他在书籍的阶梯上，一天天一点点地进步着。

从孩子出生到现在，我没有让他过上锦衣玉食的生活，倒是为他打开了一扇阅读的窗口。如今，他正渐渐把这扇小小的窗口慢慢扩开，我相信，有一天，在他面前会有一道宽阔的大门，带领他走向他想要抵达的地方。即使他不能成为有什么重大建树的人，他也一定能在书籍里体会书香伴流年的美好生活，把平淡的日子过得有滋有味。

在这一路与书为伴，陪孩子成长的快乐时光里，我更体会到了一种教学相长的乐趣。我们阅读自己的书，却在对话里发现了汉字的一些小秘密。一颗童心被书浸染过后的颜色，它让我赏心悦目。那些我一直想要追求语言的陌生或是文采的飞扬，在某些时候却被一个孩子轻而易举地实现了。比如，他写一本书的读后感：这本书给我的感觉就像奇异果富含维生素一样，是一个微课堂。但我不喜欢它，因为它像妈妈一样喋喋不休地烦我，是我的朋友，也是我的敌人。书上那些东西密密麻麻像虫子一样啃噬着我的兴趣。他还这么写：开始总是很兴奋，因为谁也不知道等待你的是什么……我知道，是阅读的习惯让他的思维变得宽泛，让他的语言变得有趣。我不需要培养一个低眉顺耳的听话孩子，我需要他在说"不"时也显得那么铿锵有力，因为他的胸中装着万顷山河，在书籍所能到达的疆域里，可以做自己心灵的王。

孩子曾经这么形容过他喜爱的书籍，他说，妈妈，我太舍不得读完了，我怕我读完了，就没有这么好看的书了。多少次在我阅读到好书的时候，除了说一句拍案称好，除了用笔勾勾用脑记记，却不及这朴素的三个字"舍不得"就准确地表达了。这世间，有多少舍不得，都是入心入眼，可以珍藏铭记的。好书就像是一个好老师，有幸才能相遇相知。好老师不常有，而好书却常常有。

感谢这一路上，有书陪伴的日子，让我们能与高贵的灵魂对话，与低处的生活握手。我们在书香里获得了幸福的密码，获取了向上的力量。它不仅给我们的未来一种看得见的期许，还让我们在看不见的地方，找到一种救赎自己的通道。我庆幸，我捧着一本书的姿势，还有一个孩子愿意模仿我，给我成长的快乐，成功的喜悦。多年以后，如果我的孩子的孩子们也一直这样坚守下去，那个让我们肃然起敬的"书香门第"，便会在一代代相传的默契里，成为一种高度。愿我们的生活，不为尘蒙，花香年年有，墨香常常在，书香时时生，在沁人心脾的小径上，一路向前，香气袭人。

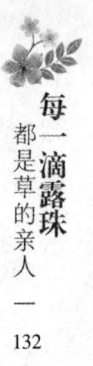

百丈冰前花枝俏

我喜欢冬天的落叶乔木,在"无边落木萧萧下"的秋天写意之后,站在冬日的黄昏里,光秃秃坦荡荡地顶着云霄,不依靠不找寻。如果再有一阵雪凌在一夜之间包裹住它们的躯体,另一种孤绝的美就站立于视野之内。

每年的冬天,气温零度以下,我喜欢去东天顶上,在肃穆的天地间,看山河银装,花树独立,万物慈悲。

白,像是可以遮掩红尘所有的丑陋,茫茫浩浩地铺张过来。

城市的黄昏已经暗淡下去了,山顶的黄昏在白的映射下,有些雪地开眼的新气象。每一朵花的荣,每一株草的枯,每一棵树的傲都浸在一片白色里,成为白色的一部分。

于是,白色就有了雕刻的工艺,或是玲珑透,或是点绛唇,或是珠帘垂,处处都是巧夺天工的美妙。那一时刻,我想起了人间的女子都在渴望着肤色的白,一白便遮了九丑。白里再有一点红,该是多么与众不同的曼妙女子呀。

冷,在说着笑着里被解了冻。举目都是美的极致,素净的,不染尘埃的洁白,像一个人对另一个人纯粹的依恋。独立寒秋时,等你;春暖花开时,念你。

听着一个人上半生的孤独,等着她在下半生的从容。那一边是未长大的羔羊,这边是已经越过冬天的老牛。他们都是纯白色的,像是眼前浩渺万物中的一棵树。

树与树的模样，在白色里总是那么相似，但它们都不会是这人间手中掌管了生杀大权的人一次次失误的模仿。所有雷同的错误，只有被自然原谅，被人为夸张，才能成为前车之鉴中的经典。

那些我因贫瘠和单薄而滋生出来的轻狂，终于像渐起的雾一样，迷茫茫笼罩过来。我知道，在天色暗下来之后，白色将被黑色彻底统治。而到了明天，白色又将占领黑色。

世间的白与黑往往主宰了一个人的兴衰，而季节里的白与黑倒更像是一对亲密的爱人。什么时候，黑与白达成和解，人类就活在了纯净而幸福的世界里。

下山时，睹见悬崖之上的百丈冰，也遇见花枝头上冰凌的俏笑。迎面而来的，都是靓颜的女子。同行者，竟无男士。正担心她们在黑暗与荒凉外的安全，她们却连连告知出山顶向右四公里处，有绝美之景。永不衰灭的爱美之心，时时都是王者。贾宝玉说，女人都是水做的骨肉。这些女子，该是冰做的骨肉才对，玲珑剔透，我见犹怜。

顺车捡了两个下山的美貌女子，一阵香风，一串巧笑，原来是朋友圈中故人。这世间的缘分，就在奇妙的相遇里。那些我一直以为的多余的热情和善良，有时令人懊恼，有时也令人惊喜。

水无定形而至善，冰有棱角终成美，人生，又有哪一样是可以预定的剧情呢。

看冰雪，是冬天里的一场狂欢。诗意，何止是远方。我们脚下踏着的土地，正是别人的远方。听到天气预报里还有雪，我就开始期待着一场大雪倾囊而出，让东山寺里的红梅、白梅们穿上雪装。最是风姿绰约时，有一群诗文相见的女子，与梅成一品。

| 第四辑 |

杨柳依依

花小沟的春天

在蜡梅吐蕊的暗香处,痴痴地盼望着春天的来临。仿佛还在一场春雪的惊喜中回味,在某日晴好的蓝天下,忽然就发现一树一树的花盛开了。先是李花华丽丽地开了腔,脆生生地喊了一地洁白。而后,千树万树的梨花,一坡一坡的桃花,一片一片的樱花,呼啦啦地开了,争着赶着抢着,像一个永不谢幕的剧场。

最是期待那满山坡的杜鹃花,乌蒙山上的春天,岭上开遍了杜鹃花,红的,粉的,黄的,白的,一沟沟,一坎坎,一坡坡,千头万绪的杜鹃花,漫无目地地开了。它是云南当之无愧的八大名花之一,更是宣威这座小城脱颖而出的花魁之首——市花。人们爱它,就像爱自家地里的普通大白菜那样,离不了,舍不得。

无论往哪一座山上走一回,迎风怒放的是它,卓然猗旎的是它,含情脉脉的亦是它。春天的山,只能用生长和绽放来装饰。满山坡的花,辽阔悠长,举目难清,像是那些我无法抓住的幸福。走了一山又一山,却独爱花小沟的春天。花小沟山上的杜鹃,是有魂的,即使是一地落红,也惊艳艳地挤在地上,像是一个极品女子死去的魂,凄凄美美。更别提那些绽放的枝头,星星点点,成焰成霞,走近它,亲近它,仿佛觉得这一树的花是专门为我而开。

花开时,一朵朵,一树树,或是临水,或是依山,在山尖,在山腰,在山脚,欢欢喜喜地吹着喇叭。向你招手,向你低眉,向你微笑。

花谢了，一瓣一瓣，一朵一朵，落在草丛里，落在枝叶上，落在溪水里，无声无息，香魂缕缕，像一场经年未知的告别。寂静风咽时，花香四起，万千蜜蜂竞相争宠。静静地坐下来，听一段流水的声音，品一场鸟类的欢聚，有风经过，正巧落一朵红艳的花朵在白白的衣衫上，那些残红落花的美好诗句，便像这一树一树的杜鹃那样，袅娜娉婷。这一刻，恍然若梦，好想让自己幻化成一朵杜鹃，飘落在清澈的溪水里，做一回临水照花的民国女子。

花小沟的名字是雅的，它剪开了汉语语句的正常秩序，让花与沟处在一个立体的画面上，既让花事免了普通意义的俗气，又让一个"小"字有了些谦逊的韵味。恰到好处地隐居在格宜镇的山里，用三个季节的韬光养晦，专门只待这一季的到来。这时，它不再局限于它的小，更或者说，它在它的小里，让一切长在它身上的花朵，无限无限地放大。但再大，也大不过这一条沟去。沟里常年有溪水淙淙流过，清澈明媚，像一个从未出过深山的俊俏姑娘，不懂人情，不知风情，一弯弯一曲曲地唱着。野得恰到好处，收得正是撩人。

过了这一沟的花，那一坡的绿，就是花大沟了。这种对称的叫法，是中国语境的习惯，左右均匀，大小有序。花小沟的沟是大的，水是大的，花大沟的沟却是小的，水亦是小的。唯一相同的是，满山红遍的山岭上，处处都是灿然的杜鹃花。花大沟的杜鹃花是海，如它的大一样，大到看不见边际。因为看不见，所以觉得是难以把握的幸福。而花小沟的小是晶莹的、玲珑的，可以捧在手心里的。爱它，就像是百姓疼爱自己最小的女儿一样，生怕她嫁不出去，更怕她嫁不到好人家。所以，捧着，含着，舍不得，疼不完。

我总是忽悠悠如风一样，跑进花大沟里，进行些礼节性的问候。又呼啦啦地回到花小沟，与它亲密缠绵。拾级而上，沿溪而行。沟里的溪水常年冲击流淌，湍湍而过的地方，冲出各色形状，如璧如玉，如砥如荡，落花流水，相映成趣。可与三五雅致的朋友，备了茶具开水，坐在一块平坦的石头上，品茶品风景，把美好的光阴一秒秒浪掉，费掉。当这一切成了回忆的时候，片刻都会是奢侈的享受。与美好的人，做美好的事，这便是美好的人生。

累了，乏了，穿过一树一树的杜鹃花，从山坡上漫步下来，推开虚掩的柴门，去花小沟书院里，喝几口明前茶，翻几页喜欢的书，听一段高山流水的古筝。眼前的人，皆是自己喜欢的，墙上的画也是自己喜欢的人画的。仿佛把这些美好时光都装进了衣衫里，像兜住了满山坡的杜鹃花，像捧住了整个的春天。

投目窗外，梨花李花都谢了，粉红的桃花也萎了，唯有墙角边上突兀地开出一株不知名的花，像梅花，暗香盈袖，也像桃花，夭夭灼灼。最是奇异的是，它开了红白两色，一枝红色，一枝白色。不仅如此，连白色花朵的枝头上，也零落地冒出几朵红色，甚至一朵花里，一半红色一半白色。华臻臻地印在窗上，自成一派，傲然独立，宛如北方有佳人，倾城又倾国。

若是饿了，烟火近在眼前，烧的煮的烤的，一应俱全，可以在亭子里，在茅檐下，就着些土生土长的食物，把酒临风，浅酌低吟，感恩这大地的赐予。有琴有画，有书有酒，不是风流胜似风流。低眉婉转，再唱一曲，追随李白遗风，大有"我醉欲眠卿且去，明朝有意抱琴来"之感。无关风月，不问前程，醉了，就睡在花下，与花成一色。

这一程山山水水，这一路欢欢喜喜，皆是满身惊艳了的时光。沐足而上，为青草留影；溅水而下，与繁花倾诉；蔚然而坐，满目惊风。环顾左右，言花，或是不言花，一切皆是被世界温柔以待的样子。一曲长笛起，我心似明月，满山尽明月。

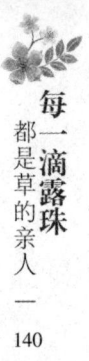

等你入画来

在日子的缝隙处,我喜欢提着行李箱,踏上南来北往的列车,走出我生活的这片土地,去找寻心中诗意的栖息。大江南北,长城内外,处处都有心中难忘的美好,勾勒进眼里,镶嵌在心底,滋养着无数个平淡无奇的日子。却不曾想过,在我生活的地方,会有一个神秘的所在——普立,几乎在一夜之间成为许多人口中念念不忘的美景。一拨人来了,又一拨人来了,留下些图文并茂的依据,引诱无数人心向往之。

那些风景中的风景,曾是我无数次心动的前奏。终于有一天,我来了!这个养在深闺无人知的美人,它带着原始而朴素的清绝之色缓缓向我走来。从此,滇东北版图上那一个叫普立的小镇因了一条神奇的河流——泥猪河,而小荷初露尖尖角。

泥猪河的支流有一条沟叫官寨沟,一条长流的水顺沟而流汇入泥猪河,因地势的幽险形成各种形状的景观。或是飞奔直下,或是蜿蜒成溪,或是汇集成潭,飞花溅玉,步步有趣。官寨沟的路边生长着一种叫作糯米草的植物,开花时节,阵阵糯米的香味扑鼻而来,沁人心脾,让人由衷地热爱这人间烟火的成色。

官寨沟的上游岩壁上挂着两条落差近五百米的瀑布,当地人亲切而人性地把它们称作雌雄瀑布,据说是亚洲目前发现的落差最大的瀑布。顺着官寨沟往下走,曲折的小路上,修竹丛生,疏影叠叠,各种不知名的植物迎面而来。其中有一种叫作酸汤叶的植物,翠绿的叶片放到嘴里一咀嚼，一股纯正的酸味儿顿生舌尖，口齿生津之感让全身舒坦。如果你嫌携带的水负重了，那就丢了吧，随手采两片叶子，口渴之时放进嘴里，喉咙生烟之急足可解之。

谷底是水流淙淙的声音，像是美人热情的召唤，一弯又一弯之后，还未见美人的面纱。这声色的诱惑总能让人忘却烦恼和乏累，恨不能飞奔直下，好沐浴在谷底的清泉怪石之中，享受大自然神奇的馈赠，与山水浑成一色。

好不容易走近了，无限风光尽收眼底。大珠小珠落玉盘的妙韵比不上官寨沟里清泉飞流的壮美；飞流直下三千尺的决绝比不上官寨沟里湍湍流水的缠绵。举目皆是清泉石上流，俯首就是琴声悠扬长。从艰险的地方走过，再从另一个更艰险的地方爬下来，这一场场惊心动魄的路过，足以遮断红尘里所有幽深的距离，让身心荡漾在山水之间，忘却烦恼，不记隐忧。只知道，这一刻，我成山水你成色。

一会儿从滑湿的青苔上路过，一会儿又是一根独木桥，一会儿浸润了足底的溪水，一会儿在绝壁上当一只四脚前行的猴子，在脚酸腿抖之间，摸索着上上下下。当气馁的时候，你发现自己倒退和前进都将遇到一样的艰险，就不如硬着头皮前进吧。听说，前面还有更美的风景。就这样，一次次地给自己加油，一次次地超越从前的自己。

不知淌过了多少汗水，不知翻过了多少座山，终于，眼前出现一条滔滔不绝的大河，浩浩荡荡，绵延万里，河的两岸是绝壁千仞，巍然屹立。倘若你刚才还沉迷在深闺里碧玉小家的美人身畔，那么此刻呈现在你眼前的庄重大气之美，必然是某个名门的大家闺秀，气度非凡地横在你的眼前，有种拔地而起的爱慕之情想要拜倒在她的石榴裙下。

绝壁上常年活动着几个部落的野猴子，它们上蹿下跳地在岩上、树上寻欢嬉闹，有时也来玉米地里偷粮食，偶尔还会发生争抢地盘的群猴大战。它们甚至喜欢穿花衣裳的姑娘，人少之时，它们敢大胆地对着她们挤眉弄眼。

对一条河流的命名，始终是一群诗人的浪漫情怀。而泥猪河作为一条古老的河流，自这方山水有人起居之前，它就存在了。至于它的名字，有人叫它尼珠河，有人叫它泥猪河，更有人叫它泥珠河。最终这条河流以它自己特殊的方式完成了对自己的命名。在河的中游，河水冲击成一只颇似"猪"的样子的沙渚，在滔滔的黄泥河水中，它就是一只活脱脱的泥猪。这种情绪显然与宣威人一辈子离不开"猪"的情愫暗合。显然，这条河流早就由自己完成了它本身的命名，它就叫泥猪河。至于那些关于河流的命名的传说，就让它们成为一种美丽的影子，成为河流的另一部分吧。

泥猪河岸边有一个小村庄，它叫泥猪河村，村民走出山外的通道如通天险，步步惊心。当看到年过半百的大嫂背上背着一百多斤的篮子往岩上健步攀爬时，当看到五六岁的孩子如履平地时，你是多么惊叹于人类战胜自然的决心和勇气。村庄的建筑错落有致，鸡犬相闻之声不绝于耳，阡陌之上大哥大嫂们的笑颜和问候，让人仿佛置身于世外桃源之感，竟有无论魏晋之错觉。

村中有一株古老的大树，当地人叫它黄葛树，村中的百岁老人说，她还小的时候树就有这么大了，树的直径要七八个人手拉手才能围成圆。河的对面还有一株同样大的树，它们像是一对静默的夫妻，数千年来，遥遥相望，脉脉相对，正是这个村庄世世代代的村民见证了它们永恒的爱情。

累了，饿了，随便钻进一道门里，皆有水喝，皆闻饭香，人们热情地留你吃饭，留你住宿，还叮嘱你下次再来，要唱火红的山歌给你听，要钓河里的鲜鱼请你尝。飞奔向前的文明啊，是谁夺去了纯朴的甘甜，让人只有走到封闭的地方，才可以敞开心扉，不计钱和嫌。

喝着白粥，剥着洋芋，就着咸菜，有一种叫作幸福的东西正绵绵流过身体，像是眼前脉脉流淌千年的泥猪河水那样。小船儿弯弯地泊在柳树下，一如静好的岁月。就丢了那些喧嚣沉浮的日子吧，做一个守着日出日落盼着地里收成的农妇也蛮好。

这一趟忘却身心的旅程，对我是一种挑战和超越。当我踏进了这方神奇的山水，我叫山，山应我；我唤水，水向我。从官寨沟到泥猪河的风景，我只是掀开了普立的一角裙纱。还有世界上最高的北盘江大桥、第二高的普立特大桥，在雾气缥缈之间它们会引领你走进人间仙境；还有响彻云岭大地的"攀枝戛精神"，是人类战胜自然、改造自然的物证；还有涧水海梁子上的万亩草甸，带你领略高原上最美的蓝天、白云、草地、小溪。行走在普立的土地上，举目会有卧佛天边的禅意，俯身便有牧童醉人的山歌，处处都是惊艳的山水！

其实，我能提供的只能是一种镜头的慢写，就我所能感受到的美记录一种粗略的感受。普立的山水是一幅浑然天成的美丽画卷，言述不尽它的雄奇壮丽，说不清它的险幽静美。若是你在我的描述中有了些想去看个究竟的冲动，那么，就即刻启程吧。快来到一幅画中，做画中的美景，普立在等你，等你入画来！

东山上的尖叫

推开窗，两条玉带腰缠东山，几米光束慢慢往上爬，那一张红红的大脸就要从东山后面跳出来了。飘忽忽地过来，纱悠悠地过去的，正是那些若隐若现的白雾，它们在每个季节变幻着不同的姿势，把东山扮得妖娇神秘。山上，供着这座城市的信仰，每年三月三，四面八方的人蜂拥而至，人流不通，车流不泄。每年，我都要无数次地向那座山走去。

冬天的树，是一些静默的士兵，手持钢枪站岗放哨，直到披上厚厚的白色棉衣，再换上一身绿叶裙，东山的春天就来了。一路上，白色的苦刺花一弯又一弯地开着，处处可见采花人。这餐桌上的美味以素压倒群芳，季季成为味蕾上苦觉的宠儿。往上，再往上，你一路上都会看见惊喜。可以提着一个袋子，做一个贤良的女子，山毛野菜，嫩叶小花，带回家里，或养眼，或入胃，皆是美事。

就这样走着，走走停停，停停走走，有风景的地方停下来犒赏眼睛，没有风景的地方行走着练达体魄。无论是开车、骑行还是徒步、奔跑，都能收获一城的灯火辉煌，一城的海市蜃楼。林立的高楼成了一点一横，而一撇一捺的人却不在肉眼。在看不见的某扇窗子的后面，那是我家的烟火，我在那里安歇我的身体。此刻，我的灵魂是一只飞翔的鸟，它载着我，我带着歌声，怀着诗意，在路上，与最美的时光相遇。

远方，只是与不同景物，不同人群，永不重复地邂逅。当一坡又一坡的花海迎面而来时，我忘记了一切行走的意义，在一声声的尖叫里，像一只飞高了的风筝，任风飞扬。在美的面前，所有人情感的闸门都是无法把持的。且听这一山又一山的尖叫，且听这一坡又一坡的欢笑。可以放肆一点，敞开胸怀，呼出心头的浊气。甚至可以浪荡一点，让风吹扬鲜艳的丝巾，以一种从不敢示人的姿势，与花来一次最亲密的接触。或是躺在花下，想象一场惊心动魄的死法，从此埋在花下，年年盛开。此时，与任何人的赤诚相见，都不及与一朵花的交心密语更能敞开心扉。

忽略了蜜蜂曾经来过的事实，亲吻一朵花，还想吃掉一朵花。于是，我就有了满怀芬芳的喜悦。从这丛花，飞到那丛花，想把这些爱不释手的美藏进衣衫。这些粉色红色的高原杜鹃，像一个个多情的姑娘，走过的地方，留下一阵香气。头发上，衣服上，尽染花粉。不想拍去，不想清理，像要携带着一片爱人的湿吻，幸福一阵日子。烟火里，那满身脂粉的俗气，又怎么比得上这花气袭人的高雅呢？在没有花香的日子，我愿意模仿一种花的味道，以让我的生活沾染些花的品性。

这一场盛大的花事，经过风的嘴巴，不停地在小城里流传。在这个春天，竟然成了一种欲火焚身的躁动。骑自行车的来了，露营的来了，徒步的来了，摄影的来了，一处处都是醉赖花丛的姿势，摆的拍的，笑的闹的。花海是杜鹃花海，尖叫亦是杜鹃花海，置身于花海，做一品花一般的人物。身如清风，心似花蕊，想象自己盛开时的样子。所有的思绪都是花朵，被一缕缕阳光，徐徐打开。在花香里，做一个明媚的女子。放下生活中的隐忧，那些可以被忽略的轻伤，永远构不成生活的主调。要像杜鹃花一样娇艳夺目，开在白云下，开在高山上，开在人们的心窝里。满山满山的粉，满山满山的红，满山满山美到丧心病狂的样子。

相机比眼睛还忙碌，一丛丛的女人，比一丛丛的花朵还鲜艳。她们那些媚眼妙姿，可有人在生活里见过？若不是一场恰到好处的遇见，若不是一声情不自禁的尖叫，她们都是长在绿叶里的花苞，一生都不想绽放。对的时间，对的地方，遇见对的人，就是人生里的一场欢喜。即使后来成为冤家，也必然是戏里那一声娇滴滴长悠悠的，百媚千回的小——冤——家。美好，就是此时与一片花海的倾心相许。

忽然，花丛里响起了一阵笛声，风停了，花静了，我醉了。这样的山坡，这绵长悠扬的白云，这辽阔深远的天空，除却柴米，诗和远方，原来它就居住在这里。有一群热爱生活的人，跟他们在一起，听风闻雨，叶落花开，举目诗意。有什么繁华是离不得的亲人，有什么爱恨是丢不下的劫难，又有什么功利是脱不下的衣衫呀。只愿，这风清花色，只愿这长歌短笛，在我生命里，走走停停，一山一季，一生一世。

我们总是容易忽略了身边存在着的美好，愿意不计钱财，不远万里地涉足那些别人眼中的风景，忽然有一天发现，最美的风景，原来就在身边。这种发现，有些类似于被烟火麻木过的两个人，因为熟悉，所以倦怠。却忽然在一场事端里，才发现对方的美好。我与东山，你与东山，也许皆是如此。我们在一声声尖叫里，品味一座山的不同寻常，爱戴一个属于我们的地方。

在这座山上，又岂止是用一片花海的尖叫就能说得完的美，还有失传名花——龙女花冰清玉洁的身影，袅娜人间绝世姿；还有小石林那些千姿百态的石头，从神龟出海到百鸟朝凤，从生命之门到壮士归来，处处都是故事，步步皆有妙景；还有芙蓉寨的美酒等你来，热情欢快的彝族歌舞等你来，十八玉女手持金盘等你来。至于那些数不清的山珍药材，那些连植物学家也还未能命名的奇珍异草，它们都是世外仙姝，株株皆是空谷幽兰的品性，从不因无人而不自芳。

别恨迟晚，也别怨生活，只要，只要我们怀着一颗喜乐之心，营造一片诗意的栖息。在某个清晨,向着那座山走去。花,从春天到夏天,高原杜鹃开谢了,马缨花又开了。风,季季都在,天天等你,它有时凛冽,有时温柔。雪,是冬天最盛大的宴会,它们在东山顶上,年年盛装出席。尖叫,不仅在一次花海里,它也在一次雪原上,更在一次又一次的新奇的感观里,但,它一定就在东山上。

第四辑 杨柳依依

昆明的冬天不寂寞

南方的城越来越暖了,冬天没了冬天的意蕴,就像一个姑娘少了些羞涩的表情,终是难得撩到有情人的心坎上。少了动心,少了荡漾,与平庸就相近了。雪,仿佛只适合生存在天气预报里。即使偶尔在某年某时跌跌撞撞地洒落些,正在惊喜之时,它就停了。好在,昆明的日子,只要二十摄氏度,就不寂寞了。这个温度恰恰撑得起冬樱花的烂漫,诱得来西伯利亚的海鸥。

一树一树的樱花,灿灿然地绽放,开在圆通山,开在行道旁、校园里、小区里。葳蕤生香,大品大格。昆明的花,因了这气候,便成了一种大气象。当得起"春城无处不飞花,寒食东风御柳斜"的赞,受得住"映日横陈酣国色,倚风小舞荡天魔"的誉。

最拿得出手的,永远是那些远道而来的客人。昆明,给了它们宾至如归之感。老昆明人的记忆里是否还记得第一拨海鸥飞来的冬天,不知在谁的带领里,呼啦啦就飞到了昆明的上空,见到这两池水,就爱上了。它们在这里生息养性,子子孙孙,来来往往。一对对翅膀,把消息带到遥远的地方,这一片乐土上的友善,自此如冬樱花那样,繁华茂盛。

它们为了避及严寒,飞越万水千山,落在昆明的水上,翠湖和滇池就年年生动起来。为着这些美丽的小精灵们,昆明人就不寂寞了,做鸥粮的,卖鸥食的,喂海鸥的,顿时成了一种生活的时尚。人人可以提着个相机，或是揣着一个手机，对着飞翔的鸥，拍，拍，拍。再以各种方式告诉世界上的人，我们大昆明，人与鸥如此和谐，岁月静美如斯。

绕着翠湖一圈一圈地走，走累了，就坐在凳子上，看凌空飞舞的鸥，沉浸在它们欢乐的世界里。树的身上，刚刚褪去了衣裳，与蓝天赤裸相见。没有任何依附的美，有种遗世独立、卓然优雅的风姿。时光，永远不会为谁停留。能收于眼底的，便贪婪得如同明天就要死去。

成片的叫声，成片的人群，是不是就有了成片的快乐？看着人们愉悦的神情，我确定我不应该妄自揣测别人的世界。在人的给予和鸥的寻觅中，生活就现出了本来的真相。寂寞常常只是一首老歌，在悼念逝去的岁月时，它才突生些许小伤怀。

忽然就瞥见了一只失去双脚的鸥，被一种轻微的疼袭击了几秒，生活中处处都隐藏着痛苦的端倪。我的目光一直跟随着它飞翔、降落。起起落落中，它显得有些行动困难。好在，它有飞翔的本领。而人类呢，每一个人都有一颗飞翔的心，足矣。

海埂大坝上的鸥像是更具野性，它们成群结队地飞来，很霸道地争抢着食粮。停歇在远处的鸥，在等待着某种神秘的号召。一队队飞过来，又飞过去，在它们的乐园里尽情地表演。我曾试图仔细地观察它们飞翔的姿势，张开翅膀，迎着风，沐着光，向前，向上，向下，上仰，俯冲。遇见食物招展时，甚至可以来一次小急刹，有一个向后退的缓冲，一嘴叼起食物就飞走了。黄脚，黑脚，红嘴，黄嘴，一身白色的羽毛。昆明人对它们的爱，洒满了一地。

某天，看到杨宗友老师拍的一组海鸥飞翔的图，天空压得很低，海鸥凌空展翅，雄壮豪迈。小小的海鸥，身体里似乎蕴藏着巨大的能量。各种姿态争相出镜，每一种飞翔都是有力的。摄影的魅力在于定格时光中瞬间的美好，让人迷恋，难忘。所以，才有无数摄影师愿意乐此不疲地用镜头对着那些飞舞的小精灵们。

已是深冬了，下了一夜的雨，我担心那些小精灵们的白色羽毛是否弄脏弄湿了。在云朵压得很低的地方，我远远地看见了它们欢乐的身影，顿时心就飞扬起来。

陌上花开缓缓归

春天，处处是花开的消息，处处都有狂欢的女子。我在一朵黄色的小花面前产生了些许柔软的小情愫，脑里里忽然闪过一行字：陌上花开，可缓缓归矣！心顿时像盛开的棉花糖，随即想起了一个有关春天的故事。

千古的帝王在红尘里一个个老去，不论是高高在上雄霸千秋的康乾盛世，还是风雨飘摇岌岌可危的大明江山。昏庸把权也罢，励精图治也罢，成败兴衰留与后人说去。翻阅史书以明鉴后师，大抵可以增长些许智慧。"无情总在帝王家"，不知是谁给权力戴上了这样的帽子，一代代地延续着。之所以知道吴越王钱镠，并不是因为他大兴水利而得了"海龙王"的美誉，而是因为一个女子，他的原配夫人戴王妃。"陌上花开，可缓缓归矣"便是钱镠写给夫人信中的言语。

戴王妃的名字叫什么已无从考证，她是一个土生土长的农家姑娘，贤淑孝顺，嫁给钱镠后跟随他南征北战，后来成了一国之母。但她从来没有忘记家乡的父老，每一年春天总要回家侍奉双亲。钱镠也算是个性情中人，夫妻情深，拨了专门的银两修了一条栈道，专为戴妃省亲之用。路上是陡峭的山峰，还有湍湍的溪流，想必还有满山的杜鹃。钱镠怕戴夫人轿舆不安全，还专门加设了栏杆。浓浓的爱意用行动一点一滴表达透彻了，我想她是千古帝王的女人中最幸福的女子。

戴王妃每每回去省亲，日子住得久了，钱镠总要捎信给她，或是思念，或是问候，或是关切，也有催促之意。那一年春天，戴妃又去了娘家，钱镠在杭州料理政事，一日走出宫门，却见凤凰山脚，西湖堤岸已是桃红柳绿，万紫千红，想到与戴王妃已是多日不见，不免又生出几分思念。回到宫中，便提笔写上一封书信，虽只寥寥数语，但却情真意切，细腻入微，其中有这么一句："陌上花开，可缓缓归矣。"九个字，平实温馨，情愫尤重，让戴妃当即落下两行珠泪。此事传开去，一时成为佳话，也载入了史籍，如今才得以让我去感悟这明艳千古的情怀。

后来的文人墨客以此为题材也写了很多诗句，其中最有名的应数苏东坡写的。他当时任杭州通判，对钱镠敬佩有加，英雄相惜，便写下了三首诗。其中，我最喜欢的诗句是："陌上花开蝴蝶飞，江山犹似昔人非。遗民几度垂垂老，游女长歌缓缓归。"多少人生的感怀尽在诗中安放。

世间女子没有不为情的，都企望自己能在香草山上遇见生命里的良人，朝夕相伴，岁岁恩爱。而很多的情感总是经不起时光的打磨，在生活的破绽里慢慢变平淡了。在柴米油盐里枯乏，难免让人滋生出些新的盼望，新的念想，阻止不了，磨灭不去。

钱镠后宫三千佳丽，阅人无数，想必他与历代的帝王们也无不同。他为了树立朝纲威信，其中一宠爱妃子郑夫人的父亲犯了死罪，他连同郑夫人一起处了死罪，并说"我不能因为一个女人而坏了规矩"。这个故事也看见了他的无情。在帝王的龙椅上，又有多少情意是值得用生命与江山去保全的呢？但他对戴王妃那寥寥数语的信里，却留下了感天动地的脉脉温情。

任何人都会有心中柔软的地方，都有过情之所至的情景。当一些美好的情怀被传诵以后，便成了千古的典范。钱镠亲近文人，纳贤重才，八十一岁终老。他能从五代十国的战乱枭雄中脱颖而出，打下江山守住江山，创造了千秋伟业，也算一个颇有建树的传奇帝王了。然而，人们所能记住他的，并非是他的万里江山，而是那封弥漫着真爱的动人家书，流经百世，依然满纸浓情蜜意。

第四辑 杨柳依依

袅娜人间绝世姿

见过牡丹的雍容华贵，百合的芬芳袭人，玫瑰的热情浪漫，认为天下最美的事物莫过于一朵花的盛开。唯独对一种神秘的失传名花——龙女花——念念不忘，为不得一睹芳容而有几许惆怅。

山川历变，草木非昔。当龙女花的绝世身姿成为典籍中的珍藏品时，人们对它的想念成了一种言传意会的文本，活在诗里，活在白话里。

然而，某天，却有人说龙女花惊现宣威市东山顶，此种传闻不亚于七仙女下到凡界令人惊讶。在东山顶海拔2700米的地方居然有人发现了龙女花，且不止一株，而是十株。发现者是宣威市原副市长李启信，他一直致力于动物植物方面的研究。许多同我一样的人对这种类似于新大陆的发现充满了期待，恨不能立即一睹花容为快。

在一个明媚的早晨，我们一行六人跟着李先生上山了。时值盛夏，至山顶时仍有几丝凉意袭来，葱茏的植被让人身不能挨近。李先生自有他的方法，他上山时总是随身带着工具，遇药挖药，遇草斩草。我们跟着他用刀披斩出来的小路，忍着被荆棘挂破的皮肤，在一次次追问"要到了吗"的声音中，终于在他说"快看龙女花"时兴奋不已。不顾怪石嶙峋的，不顾风吹刺挂，狠狠地朝着那几株龙女花的方向移动。

一株，两株，三株……十株龙女花，它们像失散多年的姊妹紧紧地围在一起。乳白色的花瓣包裹着深紫色的花蕊，清香不是，浓香亦不是，是一种从来没有闻过的奇特的香味，但比任何一款名贵的香水都有吸引力，闻之顿入心脾，再闻之心醉怡然。

龙女花一直只闻其名，未识其香，百度对它寥寥数语：龙女花又称上关花，属木兰科灌木或乔木，为珍贵的观赏花木。产于中国西南部山区，由于滥伐森林和过度采剥树皮，资源破坏严重，生态恶化，天然更新能力弱，成年植株绝无仅有，是国家级保护濒危珍稀植物。

屈原在《离骚》中就有："朝饮木兰之坠露兮，夕餐秋菊之落英。"宋朝大诗人苏轼在《前赤壁赋》中也说："曾向木兰舟上过，不知元是此花身。"对木兰科的花卉植物一直喜爱有加，唯有这龙女花，千呼万唤难见芳踪。

无数次地想象过这种花究竟美成何许样子，为何让无数文人墨客对她的玉貌风香爱不释手，就连一代帝王也把它奉为吉物，即使隐遁归去也要花不离身，并坚信有了它，就会一直拥有江山。

这里曾有一个著名的故事。大理感通寺有一位精通佛理、博学多才的叫法天的和尚，他深知百姓的疾苦，在经历了元梁王朝时期动荡不安的统治中，百姓更加向往安定的生活，希望一位救世的明君还百姓以安居乐业。出身平民的朱元璋横空出世正是顺应民心的归向，为了表示开国君主的景仰和崇敬，他为民请愿，携带一匹宝马，手持一株龙女花，带领众弟子远涉万水千山，风尘仆仆地来到京师南京。

初来繁华之地的大理宝马，在锦衣玉冠之间竟然引颈长嘶，那神奇的龙女花仿佛听到某种旨意，徐徐而开，露出她冰清玉洁的身姿，白如雪，素如玉，香袭人。蔚为奇观的景象一时传为美谈，着实让京城的人大开了眼界。龙女花的美名初露端倪。

朱元璋隆重地接待了法天和尚一行，在皇帝看来，这意味着边疆民族地区对天朝的归顺和效忠。金殿上，法天向明太祖进献了宝马与龙女花。皇帝见到这株被大臣们纷纷神化了的龙女花，惊为天物，爱不释手，龙颜大悦，以御书《乘春诗二章》以赐，还命王公大臣作诗吟对，赐法天"无极"之名。从此无极和尚与感通寺名扬天下，龙女花荣登花魁。

为着这株绝世奇花，无数人慕名而来，留下了许多脍炙人口的诗篇。"风香时递云间信，玉貌谁传月下神。""袅娜人间绝世姿，荡山高处影离离。"龙女花的绰约风姿呼之欲出，现代著名画家徐悲鸿游览大理清碧溪后，也曾留下"君欲思龙女，商量召洛神"之句，把龙女花与洛神相媲美。徐霞客、林则徐、杨升庵……无数达官显贵、名流商贾为龙女花留下了可考可据的记载，赋予了龙女花深刻的文化内涵。

清代《滇海虞衡志》曾有这样的记载："龙女花，天下止一株，在大理之感通寺，犹琼花亦止一株在扬州……"事实上，龙女花从感通寺的一株开始，应是扩展到了大理的很多地方，才会有上关花花香十里的美景。然而，在经历了无数战火之后，感通寺的那株龙女花再不复存在，就连城中那些由母体分离的小龙女花们也全数失踪了。一种珍贵的名花就这样成了只活在传说中的天物。就连我们敬爱的周总理也曾关心过此花的下落，但它就像它的身世一样，神秘莫测。

几年前，大理人在海拔3800米的峰谷中发现了一株龙女花，这让大理人兴奋不已，他们甚至还成立专门的协会。唯一让我意想不到的是，有一天在我居住的宣威，龙女花屈尊降贵，成了我们的骄傲。

失而复得的东西最是幸福的源头，为着这几株名贵龙女花，我狠狠地幸福了很久很久，想象过无数美妙的中国故事，它们如传奇般惊现在我生活的这片土地上，这真是老天给予我们最珍贵的馈赠。

看着浩瀚的老东山上，处处生机盎然，举目望去，处处诗意美景。若是有一天，李先生培育的龙女花一株株长遍了适合它生长的东山，花开时节，十里奇香袭人，处处暗香涌动，会不会又是"美盛哗于滇"的景象呢？

恰似丽江秋水

对于丽江最生动的认识，是从"一米阳光"开始。我新奇地发现，阳光原来也有计量单位，可以用"米"来丈量。这个发现，勾起我童年的记忆。那时，阳光从窗缝里射进来，像一条条金色的射线，刺落到地板上。我静静看着它们，伸出小手，却怎么也抓不住。多年以后，到了丽江我才知道，那是"一米阳光"，或"一束阳光"。这精准的叫法，叫红了一部电视剧，也叫红了丽江大大小小的客栈酒吧。

当丽江成为浪漫之旅、艳遇之都以后，这里空前热闹起来。以前多少以为这是炒作，可当我走进这座古城时，才知道我有多么迷恋它。

从丽江头顶不断变幻的彩云开始，从玉龙雪山的雄伟圣洁说起，到雪山脚下宽阔的草地上，那些无名的野花与短松，再到古城里涓涓流淌的清溪、琳琅满目的店铺，无一不是至极的美好。每去一次，总想着什么时候还会再来。

仍记那年国庆长假，丽江，成了我的首选。几家人相约，不顾客栈要价高昂，不顾道路拥挤，就这样带着美丽的心情，踏上了黄金之旅。

大丽线不够宽敞的公路上，挤满水流一样的汽车，省内外的牌照穿梭一路，奔向那个心中向往的地方。抬头，不断仰看天上的云彩，它们变幻着身姿，仿佛一场演出盛会，迎接八方游客。有的像舞蹈着的流云，从山那边，一路迤逦而来，一番欢舞之后，阳光仿佛领舞者一般，从彩云之间轻轻穿过。一会儿，乌云来了，洒下一阵清凉小雨；一会儿，太阳又露出了笑脸……哭笑欢闹只在弹指间。我为自己发现了天空上演的"舞剧"暗暗自得，直到路标上那些"彩云、祥云"的地名提醒了我，这样美的景致，早已镌刻在古人的心里梦里了。

古城里人头攒动，这里深埋着什么宝藏，让人们不远万里慕名而来，只为找寻各人心中的宝贝。也许，那是一条心仪的披肩；也许，那是一种自由的心境；也许，那是一次美丽的邂逅……光滑的石板路面，已被光阴的手轻抚过多少回，被游客的脚摩擦过多少回。我们缓缓走在古城的气韵里，忘了目的地在哪儿，时间蓦然慢下了脚步，那样大方地任我们挥霍着。

有人提起过吗？丽江的菊高洁却不寡淡。举目都是怒放的菊花，缤纷艳丽，在流水白云之间，秋天的写意，被这菊花精致地诠释着。小桥流水之间，琴韵悠悠，歌声缭绕。流浪的康巴歌手，在这里找到了生存的土壤，远行的画家也在这里驻足。歌手卖力地唱着自己的原创歌曲，画家忘记了耳畔的热闹，用画笔捕捉这座城市别样的风情。街边处处是淘碟小店，店主有节奏地击打着小鼓，暗示着流行音乐和民族音乐已在这里生根、发芽、开花了。

豪华威严的木府，在我看来，简直就是紫禁城的缩影，高壁画廊，雕龙附凤，楼阁轩宇，富丽堂皇。高高的门槛，让人迈得颇为吃力，不得不低下头来，虔诚地礼赞。封建土司的权力与威严，在纳西人的低头之间，彰显着自己的尊贵荣尚。即使是几百年后，我来到这里，同样要低下头才能进得去。木老爷在这人间仙境，享尽了繁华，阅尽了春色，该是何等惬意呀！

也有人说，丽江是男人的天堂、女人的天下。纳西人的审美取向颇有意思，他们以黑为贵，以胖为美。这给天天嚷着美白减肥的姑娘一种暗示：其实朴素、自然、健康的美，才是最美。这，不知算不算纳西族特有的文化。刻在古城墙壁上的东巴文字，记载着这个民族的辉煌历史。我倚在那里发呆，想把自己置身于那个久远的年代，不知能否透过厚厚的砖墙，听到远方的驼铃。

或者，只是悠闲的，从古城的这条巷子走到那条巷子。若不是水流的方向，常常就忘记了东西南北，心中一万分地愿意停留在脚下青石板上徜徉，脚却开始隐隐地疼了。找一家古香古色的小店，要上几个家常小菜，赏着菊花，听着流水潺潺，走走神，发发呆，让美好的光阴，慢慢浸润每一寸发梢，每一缕神思……

傍晚的古城，又是一番景致。比起城市里的霓虹灯火，古城斑斓绰约的风姿，让人的心思，婉转百回。你不得不感慨，这才是人间烟火的味道。也许，多少暧昧，多少邂逅，就从这里滋长了吧？从来没有哪个城市像丽江那样，在酒吧门口的黑板上，明目张胆地写着"美女靓，帅哥多，约会圣地"的字样。店铺的名字也叫得那般"露骨"：等你3天、邂逅、偶遇、千里走单骑。就连一碗凉粉也可叫成伤心凉粉……怎么，都离不了一个"情"字。丽江的情调，在这些细节里被无限放大着，任你的思绪飞远。酒吧里的洋酒、红酒、啤酒身价直线攀升，只因这里是艳遇的圣地。你可以端上一杯鸡尾酒，邀请心仪的女士共饮。大声地叫，纵情地笑，欢畅地舞，在这里，这些都是你呼之欲出的情感。这座城市独有味道，它驱赶着你的寂寞，打破你的束缚，放松你的身心。

当你登上海拔近5000米的雪山时，云雾之间，雪山宛如出浴的仙女，圣洁得让人顶礼膜拜。心灵的尘土慢慢落去，一切回归自然，回归真纯。俯视脚下曼妙飞腾的雾，一会儿隐去，一会儿出现，它们像是雪山的锦绣蝉衣，装饰着雪山圣洁的美丽。丽江人对水的珍惜与热爱，令人叹奇，一条条溪水流经村村寨寨，再流到古城，依然是干净清冽的颜色。从雪山上流下的水一路向前，遇山遇河，形成瀑布，形成潭水，每一处都是别致的美景。白水河的静美，流淌着平淡生活中动人的韵律；玉水寨清澈见底的水里，能看见鱼儿畅游的身姿。行走在这些景致里，不知是你装饰了风景，还是风景装饰了你的眼睛。带着这满眼的纯美，忘了时间，忘了烦恼，把身心都融入了它的怀抱。

　　远远看到，纳西汉子牵着马，一路唱着山歌，辽阔的音域透出这个民族的豪放粗犷。他们嘴里不时蹦出简单的英文单词，对马大叫着"come on！"让我忍俊不禁，难道马也懂英文不成？还真是神奇了，纳西老表说，他们的马都能听懂这一句。看来，丽江的美早已驰名中外了。策马奔腾的感觉，定是飒爽的，在马背的颠簸中，让时光慢慢流过，感受风的呼唤、雨的呢喃，点点滴滴瞬时消融在茫茫天地间，身心被涤荡得只剩欢乐。我们向往雄鹰、向往草原，其实就是向往飞翔中的忘我吧！

　　我说我还想去泸沽湖、拉市海呢，我说我要在束海古镇里静静地发呆……友说，我们留着下次再来吧。让一座城市活在我们不断的念想与记忆之中。让向往与等待，成为人生最美的风景，不好吗？

如梦园记

几声狗吠渐渐黯然,一阵美妙的古筝传来,伴着淙淙水流的声音,眼前一亮,竟是似曾在古诗里遇见的景致。有苏州园林的精巧,有琴棋书画的雅韵,有亭台轩榭的身影,有假山奇石的妙姿……一切浑然天成,疑似梦境。仿佛今晚闯入的两个女子倒成了俗物似的,心中一片惶然。

这就是奇石先生的"如梦园"了。古色古香的门头上,挂着一块隶书体的木匾"如梦园"。我才到门口就为主人这一不俗的命名而激动不已。进得门来,又是别有洞天的景致,令人想起陶渊明诗句:"结庐在人境,而无车马喧。问君何能尔,心远地自偏。"

先生家住宛水五孔桥畔,我先前也曾到过此地无数次,但却不知这里还隐藏着一个雅致的园子。菊说,我们怕是误闯入大观园了。不承想,在这样的年代,在这么个闹市当中,竟然还有这样一方曼然天地。心中不禁感叹与羡慕,也许在我们心中毕生想要追求的境界,就是这番境地了。它让我们奋斗的目标一下子变得这么具体,这么触手可及。

眼前这小小的茶室比起市内任何一家装饰经典的茶楼更有品位,那两扇木门经历过百年风雨岁月的洗礼,感受过无数生命的穿越,至今仍在彰显着某种人文价值。看着它古老而沧桑的面容,我仿佛就闻到了祖父嘴里旱烟袋的味道。

古典而大气的茶桌上井然摆放着精美的茶具，水果糖点一应俱全。我与菊来不及喝一口茶，就忙着四处观赏奇石先生收藏的奇石。其中有两块天然的石头迅速吸引了我们的目光，那石头上的景色仿佛是混沌之初，盘古和女娲开天辟地时的苍茫境况。有一块石头上面显现出一只正在展翅高飞的雄鹰，栩栩如生，惟妙惟肖。还有很多上面映有奇特花纹的石头让人浮想万千。看着这些石头让人不得不感叹大自然的神奇，难怪奇石先生要用"奇石"来作自己的网名。

单是石头的藏品就让我们惊奇不已了，一扇卷起竹帘的小窗，窗外种植的竹子已是翠绿疏雅。一面隐约的白墙衬着竹子与这古典的窗子相呼应，不由使人想起古人那句"宁可食无肉，不可居无竹"的名句。竹子成了高人雅士气节的象征，也是奇石先生精神上的同谋。

再回过头来，小屋的另一面摆放着一张麻将桌，奇石先生说平日里与几位老友打牌娱乐，玩上五元钱一局的有奖游戏。对酒当歌，人生几何？这也算是一乐吧。右面墙壁上悬挂着一把二胡和一把月琴，中间是两张京剧脸谱。对面的柜子上安放着一把宝剑，让人联想到书与剑世世代代的恩怨情仇以及相生相克的道家哲理。

出了茶室，是一个雅致的小园，芳草翠嫩，碧绿清新，虽然错过了落英缤纷的时节，但还是能想象到紫玉兰盛开时满树的繁华锦绣。奇石先生曾拍下照片发到他的空间里，我能记住那一树美丽的身姿。尽管这时它像一个怀胎的少妇，正在为来年新生命的降临而默默地孕育着，但还是无法掩饰她曾经的芳华。

园子里的太湖石是奇石先生费了很大的周折从远方买回来的，他独到的眼光让我叹服，左边的石头颇似狮子，右边的石头形似大象，狮子的旁边是一只千年神龟，再旁边高高矗立着一块巨大的太湖石，酷似一尊观世音菩萨的塑像……这些石头真可谓千姿百态，形神各异。奇石先生指着这些大大小小的石头解说:"山无石不奇,水无石不险,园无石不秀,室无石不雅。"真是一石道破玄机啊。

木门前的一盘石磨,带我回到祖母的怀里,它曾给我带来新米的清香,高粱的甜味。它激活了我童年的记忆,原来我的思绪里一直潜藏着故乡的影子,只要一个线索、一点标记,就能让我蓦然回到故乡的土地。

从一扇圆形拱门进去,就是奇石先生的大本营了。现代化的建筑彰显着主人的实力,院子的中央有一方池塘,里面数尾金鱼正自由自在地游戏,池塘的周围生长着整齐的芳草。主人与鱼同在,鱼不知主人之乐,主人也不知鱼之乐。其实,遇见就是一种快乐。正如,今晚偶然造访的两个女子,因为心之所乐,就自然记住了这样的景致、这样的天空。原来,世俗的生活也可以过得这般精致。

在不住的赞叹中,我们才肯落座与奇石先生一同品茶话聊。人生、社会、追求、梦想、文字……家国间的大事与小事,都融在一杯杯散发着淡淡清香的普洱茶里了。品出了意和趣,道出了真与美。在不能达则兼济天下苍生的境况下,还可以这样独善其身而乐天知命,这也算是我等俗物的鸿鹄之志了。奇石先生有自己的诗作:"竹秀松青日影斜,板瓦柴门刘郎家。奇石古窗可作伴,茶余饭后话桑麻。"

感佩于奇石先生把一个偌大的园子打理得整洁清雅,不容得半点尘埃落下的影子,才有这曲径通幽的奇妙美境,才有这丝竹绕梁之风雅余韵,才有鸿儒白丁的闲谈嬉笑。奇石先生笑着说:"一屋不扫,何以扫天下?"我辈真是惭愧羞煞了,常在慵懒繁忙之间托词,竟忘记了那一屋子的灰尘与凌乱。好环境是要靠好心情去打理的,这也是生活质量的一部分,通常我们只知道用眼睛去欣赏,却忘记了心灵的感悟,忘记了劳动带给人的快乐。

造访如梦园，恍若在繁华的尘世里做了一个清幽的美梦，这梦的深处潜藏着我的理想。里面有阳春白雪，春花秋月，清茶薄酒，还有一群志同道合情趣相通的雅士，在不问世事纷扰、不记钱财俗物、不入情之媚俗里，欢度流年。

杉木河漂流记

夏末的假日，我驾着小皮艇悠然地赏着杉木河两岸的秀丽风光，喀斯特地貌的风景线总能给人无限惊喜，令人目不暇接。小侄女像只温柔的小猫咪斜靠在我身边，她一路对鸟鸣、猴跃、游鱼保持高度的兴致。她的声音里的奶味儿，让我有些陶醉，让我产生许多强大的保护欲望。母亲和姐姐在另一皮艇里，她们的笑声在水流的声音里若隐若现。儿子和他的父亲还在上游的岸边上挑拣着石头。这小子最近迷上了石头，但凡不一样的石头，他都在追问着它们的成分。在他的眼里，地球就是一个巨大的宝藏，只要他用心，就能拥有开启宝藏的钥匙。

前面就是一个水流湍急的渡口，我听到许多惊声尖叫过后的欢笑声。我的小皮艇轻松地顺流而下，浑身的快感在水里一波波荡漾。各种尖叫和欢笑在一个个渡口被一次次地复制着，人们无疑是爱上了这种刺激，操着南腔北调来到这里。这条河流的沿途有许多大然的障碍，也人为地设置了不少的障碍，它们的存在给这条河流增加了漂流探幽的趣味性。

儿子的小艇慢慢接近了，一个不小心，他从船上一个跟头栽了下来，水流卷着他的身体急急地向前流，他拼命地想抱住途经的每一个石头，但石头的滑度让他一次一次地失败了。我惊呼我大叫我喊救命，无奈异乡的河流听不懂我的声音。就在他与我的船接近时，我本能地抓住他的衣衫，他爬上我的小艇，一对惊恐的母子紧紧地抱在一起。

他的父亲大笑着说，来吧，来吧，小伙子，你要勇敢些。他又上了父亲的小艇，他们唱着男子汉的歌把我们远远地甩在后面。天有些暗下来，乌云低低地压过头顶，天空丢下几滴雨星子。一阵风吹过，太阳光又洒在河上。气温明显有些下降了，小艇里只有些渗进来的水，我四处想找寻一种可以温暖身体的物品，却发现除了挨着小侄女的身体可以得到些许温暖外，别的都是徒劳。这时，我有些后悔选择在夏天快要结束的时候来漂流了。这种不够明智的举动在后来更加得到验证。

前面是一个长长的水槽状划口，刚好够小皮艇经过，我看到一个抱着婴儿的妇女一脸惊恐地坐在岸边，一个男人正在尽全力把小皮艇弄正。我大着胆子顺流而下，小侄女发出高声的惊呼，她的欢喜和激动猛烈地冲进我的耳朵里。小皮艇重重地被什么东西颠覆了一下，我沉入了深深的水底，好在游泳的三脚猫功夫拯救了我。小侄女看着落汤鸡的姑妈，"咯咯"地笑着。

天色渐晚，风吹过我湿淋淋的皮肤，冒起几丝寒意。鸡皮疙瘩从我的脸上长到了腿上，小侄女的脸色也有些发青了，她不再兴奋，小猫似的想在我的身体上吸收些热度。所有的刺激到了这样的时刻，就显得有些多余了，我渴望漂流的终点就在前方。河流过了一弯又一弯，还是没有尽头。甚至在前面或是后面都没有了别人的身影，我的心里掠过几丝恐惧。而我的小皮艇又不小心划进了一个深黑的洞口，石壁上的森冷与我的心境是如此暗合。我害怕一种未知力量出现，把我们卷入一场事故。

我好不容易才把小皮艇弄了出来，终于，看见前面有些人了，心中长长地舒了一口气。心还没放置稳当，前面又出现一个急流而下的渡口，只听到"啊"的一声，小侄女已落进水里。急流的水卷着她的小小的身体直流而下，我的大脑顿时成了空白。在无力的呼唤里，我触摸到了死亡冰冷的皮肤。我不顾一切地跳进水里,冲向她,把手伸过去。河水无情地把我从那个高高的地方推了下去,我再次沉入深深的河底。而我,却失去了自救的力量,心中闪过一种念头,我救不了我的孩子,那就让我也沉入水底吧。

仿佛,我又听见了她的哭声。当我被一种无形的力量托举出水面的时候,我看见了她,她正坐在河中间的一块石头上大声哭着。我浑身的力量一下爆发出来,以最快的速度游到她身边。她一把扑进我的怀里,哭得更厉害了。再要她上皮艇,她死活不肯,一直使劲地黏在我身上。我抱着她,哄着她,拍着她,怎么也不能驱赶她刚才的恐惧。她的固执把我的温柔彻底地推向粗暴,她不再哭闹,安静地靠在我的怀里。

雨渐渐地下了起来,湿淋淋的身体已不需要任何躲藏。我抬起头来寻找我的亲人们,我看见我的母亲拄着一根棍子正在跃跃欲试地想过河,我大声疾呼。她看见了我的狼狈,我看见了她的焦急。我绝望地看着急流的河水,到处搜寻着儿子的身影。母亲说,他们一定是到终点了。而前面不远处,姐姐的小艇翻了个底朝天,小艇压在她的头顶,所幸有两个游客及时救了她。那惊心动魄的一瞬间,揪心地拧着我。

我悲观地看着灰暗的天空,忘记了冷,忘记了痛,只有悲伤和绝望席卷着我的身体。我感到自己正紧紧地挨着死亡的躯体,我的每一寸皮肤都在被它的冰凉渗透着。心中无数次地闪过这样的念头,难道这一个幸福的家是要被一次冒险的旅行葬送了吗?

河中间的石头上停着一只鸟,一只受伤的鸟,它低低地飞过一个石头,停歇片刻,又试着飞过一个石头,终于飞到了对岸的草丛里。我看见了它眼睛里的恐惧和坚强,我甚至看到了死亡追赶着它跳跃的影子,他们一次又一次地触摸到了它的身体,它一次次地挣脱了他们。

这只鸟儿的出现,像是一个戏剧里含有某种隐喻的重要细节。我坚决地放弃了对这条河流的征服，带着母亲和小侄女果断地上了岸，并迅速找到一条小毛路。小侄女停止了哭声，但她坚定地黏在我的背上，嘴里不断地重复着，奶奶，小心！姑妈，慢点！她的惊恐与我和母亲赤足行走的艰难，被脚下这条未知的小路一点一点丈量着，直到无限。

脚下的疼痛，让我清楚地感知，我离死亡越来越远了。

不知过了多久，我听到了儿子叫我的声音，恍若隔世的呼唤，我冰凉的躯体被一种魔力击中，受惊吓过度而昏死过去的灵魂一下就苏醒过来了。原来，他和他的父亲早已到达了终点。仿佛，前面就是我的家，我带着母亲不顾疼痛地狂奔过去。

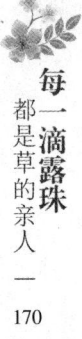

一座山的高度

穿越过小城的高楼森林，举目远眺，许多山峦隐去，唯有东山巍巍屹立。在春夏秋冬里穿上各色霓裳，或是云雾缭绕，或是霞光万丈，或是清晰如镜，如缥缈的仙子，似明艳的姑娘，随着季节阴晴变幻着身姿。以无限的魅力永远吸引着我走近它，亲近它。它在我心里，代表着一种不可逾越的高度。

在这方城里，东山是天际边的一道屏障，日出时，太阳的脸慢慢从山背后升起，东山穿着五彩的衣裳娉婷而立，它笑颜如风，艳惊四座。日落时，它伟岸的身姿如一个最踏实可靠的男人，可以依偎，可以投靠，可以相守。

山雨欲来时，雾气笼罩的东山如一个害羞的少女舞着轻纱，风一阵阵吹过，白雾急匆匆地飘过去，又磊落落地荡过来，最后聚拢在一个山凹里，与天齐色，山峦渐隐。这时候，若是太阳露出半张脸，紫色萦绕的东山一片祥和。雨一直未下，云一直在升腾，慢慢地，它们上了九重天宫，去装饰一个巨大的幕布。东山渐渐明朗起来，哪里有树，哪里有路，哪里裸露，哪里成荫，一目了然地呈现出来。它成了一个没有秘密的父亲，诚恳地与它的孩子们诉说着做人的坦荡。

东山，这名字听上去是如此普通，普通得只是一种方位的识别。仔细一想，却又是那么不同寻常。东，在人们心中有着主人的地位感，从房东、股东、东家、做东……这些字眼告诉人们作为主人的一种荣耀，也提醒着一种责任。而紫气东来，东山再起，甚至说到东窗事发，总是离不开一种根源，它提示着人们，事物的发展和变化是从主观开始的。有一句诗是这样的："卧看满天云不动，不知云与我俱东。"在诗人美好的意境里，白云与我都有一个目标，那就是东。东，主宰着一种向上的思维，代表着一种理想、一种高度。

于是，天天呈现在我眼前的这座山也就被有意或是无意地赋予了一种特别的意义，它在宣威人心中代表着一种厚重的分量。东山上供奉着宣威人的信仰，每年春天的三月三，东山上下热闹非凡，大车小车拼命地往山上挤。仿佛人们的幸福都寄存在东山上面的松鹤寺里，他们要去烧炷清香，要去虔诚地跪拜各路神仙。他们的幸与不幸，都仰仗菩萨的赐予。

松鹤寺里有许多参天的古柏，茂盛地生长着，古意深深的样子。那棵巨大的柏树身上，许多红线常年围绕，旧的新的，交错而结。每一根红线后面都有一个名字带着"柏"字的孩子，他们的父母以这种方式来祈幸福平安，讨吉祥如意。

在开启了"众妙之门"后，善男信女们虔诚地跪拜着他们的信仰。循着香味，听着梵音，一个个世俗的灵魂顿时得到神灵的眷顾。不敢狂言，不敢恶口，心中有佛，心存敬畏。

松鹤寺的红墙绿瓦掩映在东山的半山处，它不仅是信仰的居所，也成了休闲的去处。周末时，顺着石级往上爬，一路鸟语花香，虫鸣草拽。俯首看城，众生渺渺，众物小小。心中的广阔天地，尽在一眼之间。耳边似有泉水之乐，被称作宣威八景之一的"倒洒金钱"就在眼前。泉水高悬，飞流而下，似仙女撒下许多金钱，有风来袭，泉水有倒流之势，便得了如此美名。

松鹤寺前行百米，有一座烈士陵园，松柏凛然，正气浩荡。长眠在这里的烈士们永远地守望这片土地上生息的人民，是他们用鲜血和生命换来了今天的自由和幸福。墓碑上刻着他们年轻的名字，宣威人把他们埋葬在这里，与东山化为一体，被人们永远敬仰着，想念着。

东山上的美景，在四季各有不同。春天时，满山的杜鹃次第开放，白的，红的，粉的，让人目不暇接。无论近看远看，都是一幅幅绝美的画卷。摄影师们比蜜蜂还忙，在这朵花前驻足，在那朵花前留恋。白云深处，野炊的野营的，尖叫的乱吼的，让生活与花香同醉。

夏天来了，绿树成荫，野草飞飞，几场夏雨过后，东山上的各种野生菌冒出土来。人们纷沓而至，在树林里采撷山珍，在山沟里采摘野果。还有那些高大的松树上挂着的硕果，人们不嫌麻烦地挖掘着它包裹坚实的松子。许多口福，必定与一座山或是一片海紧密相连着。

秋天的东山，层林尽染，秋风瑟瑟。许多落叶的乔木，萧萧而下，常绿的灌木像个敬业的士兵，以一种守候季节的姿态站成永恒，任风中飞扬的落叶不改节气，任土里悄然的生长而不变初衷。东山的色彩渐渐斑斓，又渐渐暗淡下去。冬雪来临时，它们彻底地隐匿了自己，光秃秃的树枝与冰雪合成一尊沉默的雕像，神圣如玉女，不容侵犯。

不论是哪一个季节，这座小城居住的人们，总是喜欢在有闲的日子去徒步东山。许多烦恼丢弃在一座庙宇的门前，许多欢笑在东山顶端被拾起。闲了，累了，懒了，忙了，东山，总会成为一种借口。而这座山，无论你去与不去，它总在那里静默着。它可以不代表什么，也可以代表很多。

览过众山，俊美的，绮丽的，陡峭的，巍峨的，它们都不属于我，唯有这座我举目就现的山峦，城倚它而建，我偎它而安。无论何时想起，都是温暖；无论何时相逢，都是旧友。

雨中漫步美奂湖

盼了许久的雨，终于在谷雨之后的这个夜晚轻灵地落下。小轩窗前，一片被洗过的碧绿，几声清脆的鸟鸣，阵阵泥土的芬芳，好一个欢愉的早晨。我在心里像个虔诚的萨满教徒那样，请求上天：今天下一场小雨，明天下一场小雨，后天再下一场小雨吧！

撑着一把紫色的小雨伞，一个人安静地走在美奂湖边，细细的雨滴落在湖面上，如点点星光坠落，溅起一圈一圈小小的涟漪，它们一个一个连接在一起，手牵着手散去，又手牵着手回来。湖面就像是一个小雨点们狂欢的舞台，而我是唯一的观众。

晓风东去，夕阳未至，依依惜惜的杨柳站成一个个羞涩的少女，她们身着绿罗裙，正陶醉于水中的倒影。灿烂的杜鹃花正在慢慢凋谢，隐隐约约的几点红色，星星点点的几缕淡白，掩映在绿色之间，如远处传来的断断续续的笛声。那些开得盛大的紫藤早已换上朴素的新装，安安静静地过起了日子。这一波又一波的绿色如压境的大军，凛冽冽地入驻心间。

团团簇簇的春天正在谢幕的尾声，另一个季节的主角已在迫不及待，处处绿罗裙，处处芳草地。这棵树上的鸟儿叫着翠翠，那棵树上的鸟儿叫着憨憨。想必他们是一对恋人，男的粗声大嗓，女的细若流水。它们一直在用我听不懂的语言倾诉着衷肠，婉转呜啾，你情我意。

湖边有一种开着白色细碎花朵的植物，它们不起眼地扎堆在那里，我从它们的身畔走过,一阵浅浅淡淡的清香袭来,胜过我喜欢过的任何一款香水。欢喜亦如这小小的白花,浅浅的,淡淡的。再慢慢地放下身段,放下脚步,最后停驻在这些意外的小欢喜里。

一袭绿衣映在湖面,我的影子被一滴滴雨点打碎,无数个小小的我包围过来,又徐徐地散开。我看不清自己的模样,一如我看不清尘世的模样那样。但我深深地知道,在这样的一个静静的早晨,我深深地拥有自己,拥有那些属于我的浅浅的欢喜、淡淡的忧伤。它们都是掉进湖里的星光,安静,美妙。

雨巷里打着油纸伞的姑娘,她必定要结着丁香般的愁怨,在诗人的意象里,连忧伤也是这般美好。而我必定只是那个脸上开着杜鹃花般的女子,即使开在深春,即使正在萎谢,也依然要如笛般悠扬。

在这个湖边无数次地行走过,但从来没有哪一次这样清晰地感知过自己的存在,湖光山色的存在。这个美丽的湖,它承载了太多人关于美好的梦想。所以,它常常是喧嚣的。而在这个有雨的早晨,它只属于我。

目光清灵,脚步轻盈地走着,忽然传来一阵朗读的声音,有人在高声地朗读着书本。穿过小径,我看见一个少年,拿着一本书,旁若无人地在大声朗诵。或许,这该是他一个人的湖才对。为着这片风景里的风景,我轻手轻脚地离开。

雨还在下,它们静静地滋养着大地,滋养我的心田。感谢这一个有雨的早晨,让我的心情宛如诗画。

约会罗平

我记不清已有多少年没去罗平了,那片油菜花像是一场绮丽多姿的梦境,时时缠绕心间,让我在金色的世界梦回金色年华,青山碧水黄花,一切都被妥善温柔地保管着。去年花开时,我心漾、向往,"身"却迟迟没动,待听到花谢的消息,心中一片惘然,暗暗许诺,明年再去吧!可明年复明年,明年何其多?

这些年,我常在梦中瞭望着那片金黄色的花海,痒痒的心思,在虚拟的油菜花田里荡漾着,憧憬着。罗平,并非多么遥远的地方,可在我的出行计划里,那里,就仿佛大西洋的彼岸。一个人没勇气前行,邀约朋友吧,不是这个有事,就是那个无闲,终于可以下定决心要走时,又总是有人临时变卦。我像一个气球,被那片油菜花打得饱满,又被生活无端冒出的枝蔓扎得泄了气。就这样,每每总是在纠结的煎熬中,懒懒地度过春日时光,直到朋友说,再不去,油菜花可就谢了!

在师宗吃过午餐,驱车奔向罗平,两个县之间只隔着40分钟的路程,风景却是两重天。才出师宗,就见阳光慢慢从云层里穿越而出,真是庆幸遇见了好天气。听说这里常是阴雨绵绵的天气。这一次,真是幸运,朋友们开玩笑说,莫非是贵人驾到,罗平才露出了微笑?

当金黄色的油菜花映入我的眼帘时,我忘情地惊呼起来,恨不得一头扎进花海,尽情与它贴面缠绵。这方山水,这灿烂的花颜,我到底与它们离别多少年了？总想着要来，却成了一个漫长的谎语。

花海之间，朋友们这个当模特，那个摆造型，争相要与油菜花留下最亲密的私照。我的相机忙得不亦乐乎，可惜这个笨重的家伙一到了她们手里，便将我化成了模糊的一片黄色，分不清哪里是花哪里是我了。这时，我就热切地想念那些摄影师朋友们，若是他们在，我定要当一回最疯狂、最有型的模特了。

山是绵延柔美的峰峦，花是金色如梦的年华，蜜蜂蝴蝶飞舞萦绕，远近高低之间，闪着无数镁光灯。从收费站的拥挤到酒店的爆满，还有在田野里露营的帐篷，你就知道，罗平的春天，是多么盛大而繁华。

油菜花铺就的田野，以不同的姿态"入侵"我的眼底，而我们，亦甘愿被这金黄的田野彻底俘虏。徜徉在花海中，我不自禁地想起紫禁城的龙袍龙椅，难怪明黄色会成为帝王家的主色，恐怕再无哪种颜色有这样的气势和派头了，那明晃晃的光亮，直抵人心，让你不敢拒绝也不能后退，就这样无可抵挡地被震慑住了。

从花田里出来，见到九龙瀑布的秀美清音，又是别有洞天的美景。驻足在银河落九天的瀑布前，觉得飞流直下的不是水，是仙子出浴时，尽情甩动的秀发。她一定是临水照镜时，被自己的美丽倾倒了，索性一直保持着这个姿势，妩媚而娇柔地等待着，等待着经过她身旁的人们，为她细密的发丝而迷醉。

如果你见过黄果树瀑布的壮观，再来领略九龙瀑布的秀美，一定恍然觉得，他们是一对失散的恋人，黄果树瀑布雄伟阳光，九龙瀑布娇媚多情。忍不住坐上竹筏，迫不及待地想再离她近一点……

小小竹筏漫游在水面上，我们也成了美景中的美景，瀑布飞流直下，一阵风吹来，水珠雾丝轻袭在衣衫上，抱头欢笑，似有银铃掠过耳畔。在意犹未尽中踏上归途，只怕这一别，又是多年以后再相见了。但在我今夜的梦中，那金色的花田，一定更加真切，而我心里也再不用为久不成行的爽约纠结了。

愿随百鸟,再到湄江

在心灵的某个地方,总有一扇窗为你打开,它们有可能是一山一水一点一滴一字一句一人一城……人们依靠一种叫作缘分的东西,不辞辛劳地从此地抵达彼地,醉心于不同的山水草木,痴迷于由这些山水草木阐述出来的人文情怀,以一种行走的姿态不断拓宽视野、超越自己。从对一座山的仰慕到对一条河的钟情,或者对一座城的留恋到对一个人的思念,总有些风景或是际遇能让人久久难忘。

贵州的湄潭县是离我很近的一个地方,从地图上看,只隔着一个拇指的距离。也许在某个周末我就能轻松地完成一次对它的拜访,然而,近在咫尺的许多地方,若不是因一种机缘,倒像是远在天涯的距离。

这一次随着中国国土资源作协采风团来到这个美丽的地方,忘情地行走在湄潭的山水之间,留下许多欢笑,甚至留下许多热泪。

在"文军西征"的历史上,这个叫湄潭的地方,在那个艰难困苦的年代里,以包容大度的胸怀接纳了在战火中流亡西迁的浙大师生们。那时,口粮还是生命线;那时,衣衫还是奢侈品。浙大的师生们一路西迁的路上,所到之地,处处嫌弃他们占了有限的生存资源,只有湄潭人民,张开热情的双臂欢迎他们的到来。他们从七星桥上走过时,许多人流下了感动的泪水,"回家"的感觉让他们倍感亲切。

此后,浙大的师生们在此安居七年,与湄潭人民共饮一江水,同喝一锅粥,育才之花开遍湄江河畔,处处留下他们好学上进的影子,为共和国培育了诸如竺可桢、李政道、王淦昌、苏步青等诸多栋梁之材。他们的名字，是人类文明进步的梯子，永远不会被历史遗忘。浙大的师生们反哺湄潭人民的贡献之一，体现在茶叶种植栽培上。正如师生们所言"杭州天然美，湄潭亦天然"，这片适宜种植茶树的土地上，他们在这里播撒了希望。

浙大的师生们也许没料到，多年以后，在贵州的高山流水之间，一片没有平原的土地上，在湄潭这个地方，会长出一片海。当然，不是所有的海都必须波涛汹涌，但一定是波澜壮阔。一山又一山的绿，似一片又一片的海，在沟壑纵横之间碧波荡漾，连绵起伏，有万顷绿涛呼啦啦直逼眼底。除了叫海，那又能叫什么呢？一片片茶海绵延至远处的天边，采茶姑娘们戴着七彩的帽子，开出一朵朵美丽的浪花。

湄潭的人民，以一生只等一壶茶的姿态诗意地栖息在这片山水中，他们悠闲、缓慢、舒适、不争、不惊，从容而优雅地品着一壶醇香的茶，参出禅意，悟出深道。号称"天下第一壶"的实物塑造矗立在高楼顶上，成了湄潭的一种地标性建筑，也彰显着湄潭人民的生活态度。

湄江河静静地流过湄潭县城，在垂柳依依处低眉，在长亭朗朗处顿足，江上隐隐的歌声里，收藏着时光的味道。这条河，分明还是浙大师生们体育教学的工具，女学生们害羞的脸庞映在河里，河岸上老百姓的目光从惊诧慢慢平复到赞赏。见过什么样的世面，成就什么样的胸怀，从此湄潭人就有了一种气度，它大于接纳，但永不会止于一种包容。

多少情意飞在眉间，多少喜悦爬上眉梢，湄江的水柔情千年，似一道弯弯的女儿眉，遇见痴情郎君，从此坠入爱的深潭，百年相拥，和合美好。就连仙人张三丰看到如此美景，也四顾失神，一不小心让他的酒坛落入湄江河中。它以醉的姿态，斜倾入江，江水似永不干涸的美酒，流进千家万户，醉了客人醉了主人，只留得冰心一片在玉壶。

湄潭的酒，因沾了仙人的气息而变得更加醇香美妙，而湄潭人总是谦逊而有礼地说，随意尽兴就好。从浅尝辄止，到迷离醉眼，只是一双真诚的眼到一弯笑起的眉之间的距离；从尽兴就好，到欢颜开怀，也只是一杯茶到一杯酒之间的距离。所有的相逢与离别，就不折柳吟月了吧，许一壶茶，再许一壶酒，就够了。

在慢下来的时光里，拨开云雾，身入湄潭的山山水水，去做一回醉了的仙人。去百面水的桥下放歌，一座连着一座的天生桥，又岂止是二十四桥明月夜能诉说清楚的情怀。桥上连着天和云，桥下连着水与山，每一个到达的彼岸，都有桃花源里别有洞天的美景，小船儿弯弯载我们过了一桥又一桥，只愿时光在幽幽的歌声中停留，再停留。

去乌江天险漫游，壁立千仞，江纳百川，江水湍湍，水鸟悠然。两岸的风景像一幅幅移动的画卷，这边雄奇，那边险幽，一道道，一弯弯，满目皆是惊叹。掌舵的船家姑娘正巧又是当年红军强渡乌江时老船工的孙女儿，一切像是历史的安排，才让想象有了穿越的翅膀，乘着风浪，直渡乌江天险，重温伟大的时刻。

累了，乏了，再来一壶湄潭茶，茶的品种任你挑选，有驰名中外的"湄潭翠芽""兰馨雀舌"等，也有湄潭百姓自家制造的小锅茶叶。在舌尖上你品出春天的味道，品出夏天的味道，品出一个异乡人想家的味道。然后，一个人安静地走在美丽的湄江河畔，任思绪飘扬，任时光老去。华灯煌煌，而我心似明月，只想以一弯柳眉的样子泡进汤池里，仰望遥远的星空，醉听袅袅的歌声。

江南，一直是文人心中一个美妙的梦，多少人曾不吝笔墨地书写过江南的美。而在湄潭，我却恍惚间到了江南的美景中，无论烟雨朦胧，无论晴沙碧海，这里仿佛就是天堂。数百年前刘伯温曾预言："江南千条水，云贵万重山，五百年后，云贵胜江南。"如今，有"黔北小江南"美誉的湄潭不正是这种预言的兆头吗？

　　许多地方，到过一次就够了，而湄潭这个地方，是一个想让人留下来居住的地方。想留在樱花漫漫、茶园飘香的季节，去采撷宁静美妙的思绪，做一个安然自乐的采茶姑娘；想留在诗意禅味的壶里，做湄潭的一片茶叶，一滴美酒，留住客人，放牧自己。如果不能，只愿在梦里，随百鸟，再到湄江！

|第五辑|

悠悠我心

桂花闲落一径秋

八月，桂花闲落，振兴街的早晨是香的，美奂山的夜晚是香的。香径上，婆娑的人影在信步养神，他们贪婪地吮吸着弥漫的香气，想把这个八月装于肺中。每年的八月，我都要为桂花和月亮生出些陶醉，一度以为，在闻香识女人的常态里，能让鼻孔生辉、心灵荡漾的香，怕也最是这月亮下的桂树了。

却不料我这种一厢情愿的美好被我的堂姐一棒喝来，我与她在桂花树下漫步的时候，她竟然捂着鼻子，并央求我快些走过。我闷闷然。小时的村庄里没有桂花树，长大后，我们应了老姑妈的口，南山嫁一个，北山嫁一个，哪得多少相聚的光阴。这一次为一件家族中的生死大事，聚首一回，闲话几句，才知她与我有如此之异。她说，我讨厌每年的八月，小区里那么多的桂花树，太臭了，我想吐，一整个八月我都想吐。她闻不得桂花香，哦，在这里，我不能说桂花香。好在，这桂花的香是大家有了共识的。否则，让我们俩来评论这味道，谁是怪异之人，还未必说得准。

我想起了我们一起上小学的时光，下过雨后的麦田里散发的芬芳，是我们最迷恋的香味。我们在蚕豆花开的夜晚，在月亮下面静静地坐着，大口大口地吸着蚕豆花散发出的香气。村口的那棵大叶女贞树下，千万只蜜蜂成群结队的嗡嗡声，和着一股奇特的清香，我们一起在树下刨虫子。一见到哪里有一个虫子的影子，就凑上去，还把一种虫子叫作聋子，它钻进土里时总会留下一个涡形的痕迹，我们一边刨一边一齐喊："聋子窝窝，开门给大哥……"

小时候，觉得满世界都是香气袭人。甚至，我们在乡间小路上，偶尔看见汽车的身影，追着跑着，在汽车的尾气里迷醉。汽油的芳香味道是一种陌生的香味儿，它新鲜地入侵我的嗅觉。我一时觉得汽油的香味比我从前闻过的味道更香。我的这种奇异论调，遭遇了小伙伴们的嘲笑。堂姐和他们都说，你太怪了，那是臭得让人发恶心的东西，你怎么能说好闻呢？

众口之下，我为自己的异端而缄默。但我对汽油是好闻味道的看法一直持续很久。在那些不知香水为何物的年代，我对汽油一直怀有深刻的好感，对每一次汽车经过时发出的味道倍感亲切。直到有一次坐长途汽车，在颠簸中呕吐不止，我终于厌倦了汽油的味道。从那以后，我再没有闻到过汽油芳香的喜悦，甚至生出些厌恶。我不知道是我的嗅觉变了，还是汽油的味道变了。有一次，我与人谈论这件事的经历时，竟然遇见同谋者，她说她从前也喜欢闻汽油的味道，因为从前的汽油是好闻的，现在的汽油不好闻了。

我与堂姐分开之后，我一直在想这件看似简单的事。桂花的味道，它究竟是香的，还是臭的？在大众的审美口味里，桂花的香被人广泛认知和接纳。从古至今的诗句里可追芳踪一二，辛弃疾留有词句："大都一点宫黄，人间只惜芬芳。怕是秋天风露，染教世界都香。"杨升庵有诗句："摘来金粟枝枝艳，插上乌云朵朵香。"还有我们王维的诗句："人闲桂花落，夜静春山空。"桂花被历代文人墨客争相歌颂，它蔚然壮观的香气像是要从诗句里爬出来，爬进我的鼻孔里。但愿它们绕道于我堂姐的门前，给她一个安稳的八月。

桂花落了，细细碎碎地落在地上、叶子上。在一个有月亮的夜晚，我加班归来，满怀的香气令人心生喜悦。我做了一个偷香的人，四处张望，除了一只偷窥的母猫与我对峙，正在无人之境，心生窃喜。我站在树下，摘香入囊，倒至小碗里，竟有了小半碗。用文火熬成桂花粥，入胃的香气，更令小儿生馋涎。后来，又泡制了桂花酒，唇香袅袅之间，有万种雅致翩翩起舞。

想来，一切美好，只在于需要它喜欢它的人那里才是有益的，甲之蜜糖，乙之砒霜。就像梦里的杀戮和偈语，砒霜与蜜糖，都生在神的手上。人的力量，只在举手能及的地方。就连香气，也这般令人迷乱。当有一天，我因为严重的鼻炎而丧失了嗅觉的时候，我忽然觉得这世间的味道，哪怕是臭味，也是弥足可贵的，它让我拥有辨识世界的正常感观。失去嗅觉，世界于我，就残缺了。我知道，我会慢慢失去很多。但在这个八月，在桂花细细落下的小径上，我还是无可抑制地充满了感恩和感伤。

我们也曾是"冰花"少年

去年冬天,零下几度的严寒在一个少年头上结冰,开花。一张云南昭通"冰花"少年的照片迅速红遍全国,一时间弄疼了多少人的良心。像是一个民族的良知的复苏,在苦难的土壤里,照见一丝光亮。

昭通离宣威不远,同处乌蒙山系。那些年交通不便时,从昆明去昭通的车要经过宣威,那两个熟悉的字,就像是我邻居的一个名字。而这个孩子,亦像是我童年的小伙伴。我不忍多看那张照片,又忍不住多看几眼,在泪光盈盈中,一张照片把我的童年翻了个遍。

我和我的小伙伴们也曾是这样的"冰花"少年。上小学的时候,我还不满六岁。去学校的路要走近一个小时,途中要过一条大河。夏天,泥泞的路上,我们用塑料布披在头上当雨具,而且冷不丁就会有平河满岸的洪水,浩浩汤汤,来势汹汹。河水冲毁过庄稼,冲毁过房屋,也冲走过大人和孩子。整整一条河流十多里的河面上,只架有一座桥,简陋残破的两根木杆摇摇晃晃,要经过它,甚至比蹚过河水更加艰难和危险。从小至大,我一次也没敢经过那座桥。涨大水的时候,村子里只有两个人敢过河水,他们蹚过齐腰的浑水,一个一个地把孩子们送到对岸。

除了涨水的时候,大人们负责把我们送过河,其他时候都是大孩子带着小孩子们,一路去的学校。冬天,零下几度的冷,河坝上松软的泥土上都长出了马扎凌。屋檐上,门口的核桃树上,苞谷草上到处都结冰了,村子里长年爱淌鼻涕的那个男孩子,连鼻涕都结成了冰块。我在祖母的呼唤里,极不情愿地起来,听着她每天都要说的"早起三光,迟起三荒",在小伙伴的们邀约中出门了。一出门,冷得恨不能把脖子都缩进衣服领子里。

到了河边,长流的河水依旧,只是河水小了,清澈了。过河,成了冬天里最痛苦的一件事情,村子里的孩子们没有谁穿得起袜子。脱下母亲们做的塑料底鞋子,在"扎死了,扎死了"的尖叫声和笑声中,早顾不得石头硌在脚底的疼,巴不得几大步"插"到河对岸。

一整个冬天,我们的手上、脚上都开满了细裂,还长了许多冻疮。好多小伙伴的耳朵上都长了冻疮,像村子里的小狼狗的耳朵,直立立的,一摸一扯,生疼!在龇牙咧嘴之后,又是半恼怒的追打笑闹。大人们就用地里的白萝卜切成片,放在炉子上烧烫后,治疗孩子们的冻疮。冰疮被烫热之后,耐受不住的奇痒更让孩子们抓挠不休。而那些长在脚背和脚脖子上的细裂就没有办法了,每一次过完河水,冷风一吹来,刀割针刺一样。曾有一次,我看见村子里有一个小伙伴过完河水时,有水珠子在她的小腿上,像是一个个会站立着不动,脚一甩动,它们就要纷纷往下掉落的感觉。一问才知,她是用了雪花膏,因为她爸是村子里唯一吃国家公粮的。后来我才知道,那种雪花膏叫作百雀灵。难怪她的腿上一直没有开裂,为此,我哭闹了好几次,才终于有了一瓶蓝盖子的百雀灵。好香的东西啊,我舍不得擦在脚上,我要擦在脸上,每天都香喷喷的。如今,这款给我童年记忆最深刻的护肤品依然还是我们的奢侈品,被当作国礼送给外国友人。

村子里也有几个大孩子早起,他们拢起了一个小火盆,用一根长铁丝做成扶手,有了这点火光,冬天的上学路就缩短了很多,我们一路甩着笑着就去了学校。到达学校,都忙不得看谁的头上眉毛上睫毛上的冰花，放下书包就去上早操，在"一二一"的喊声中，没有围墙的校园就沸腾了起来。冷，早已被热闹打败了。从山上下来的孩子们中午是不回家的，每个班级的后面都有一个大火塘，他们把早上准备好的油炒饭或是大洋芋放在火里，午饭就这么解决了。烧火的柴都是每个学期班主任带着孩子们到山上背的。学校的旁边还有条从山上流下来的溪水，课间时，不怕冷的孩子们还去取冰块，吃冰凌花。

老师在课堂上说，你们要好好读书，长大了回来建设我们的家乡。我们小小的身体里，被一种叫作理想的光芒点燃了。那时，我们不觉得自己贫穷，因为心中有一盏照亮前路的小橘灯，我们对未来充满了期待。（比起这个孩子，我们又似乎更幸运一些，因为我们不是留守儿童，我们有父母的爱，有祖父母的爱。尽管他们都在忙于耕作牧野，忙着向大地和大山讨要每天每年的日子，但他们一直在我们身边。朝夕相伴的日子，让每一个家庭都有温暖和欢笑。而这孩子的母亲离家了，如今的村子里，又有多少孩子的母亲也离家了？更有多少找不到对象的大小伙子们在日夜悲叹？好在，这孩子的父亲有一根硬脊梁，这孩子有一个火热的理想，想要当警察，想要抓坏人，想要报效祖国。他的身上，我一次次地看见自己和村子里的小伙伴们的影子。）

哪里都有不幸和苦难，谁的人生都无法被人来代替过。只要心中保有一颗积极向上的心，通过不断的努力和奋斗都能改变个人和家庭的命运。如今，党的政策阳光普照，扶贫攻坚的任务热火朝天，举国上下齐心协力，切实为改变农村贫穷落后的面貌同舟共济。上面有人拉一把，后面有人推一把，自己努力一把，又有什么样的困难是不可以战胜的呢？我相信，假以时日，"冰花"少年们都会成为国之栋梁，苦难会成为激励他们前进的动力。正如我们曾经被点燃过的理想，倚着它，我们抵达自己想要的生活。

献给英雄的挽歌

火红的攀枝花开得正艳时,西宁路上出现了一起英雄事迹,血流在店铺前的街道上,触目惊心。昨夜的东风已将这件事吹至大街小巷,围观的人群一片叹息与哀伤之后,神情警醒地走开了。

他们要回去告诉家中的妻儿老小,见义勇为的事儿不能管,因为英雄倒下了。为了活命,就不如做个小小的顺民,那些与自己无关的事,就高高悬挂在别人头上吧。

倒下的英雄只有十七岁,有人说他是江西人,也有人说他是湖南人。总之他是一个远离家乡讨生活的少年,从一个偏僻落后的乡村,来到另一个不发达亦不兴旺的县城,换取自己的温饱,抑或是可以诗意地解释为在奔赴梦想的途中停留。

人们不知道他来这里多久了,只知道在一个平常的夜晚,正在加班工作中的他,突然听到两个女人大呼"救命"的声音。他放下手中的活,以飞快的速度冲出去,看到逃跑的歹徒,拼命地拦截下来,追回了两个女人被抢夺的财产。

惊魂未定的两个女人也许连声"谢谢"都忘了说,她们惊恐地向家的方向奔去。十七岁的少年松了口气,他开心地笑了,他为自己能成为一个有用的人而高兴。仿佛就在这一个瞬间,他就长成了男子汉。

就在他要关了店铺准备下班时,一伙持刀的歹徒来到他面前,他甚至还来不及思考报复的含义,几个刀子就指向了他的身体。他大声地呼喊"救命",可惜深夜的街上,再无人听到他的声音,即使听到了,也不会有人愿意在一群持刀的强盗面前自取灭亡。就这样,他倒在了血泊中。

当警车呼啸而来的时候,歹徒早已扬长而去了。而医院,再也唤不醒一个失去呼吸的人。血,流在大街上,流在人们的心里。痛,一点点侵袭着人们的神经,也一点点麻木着人们的良知。

总以为,英雄应该配上宝马、快刀、鲜花、美女。然而,这个还未成年的孩子,他卑微地死了。他一定是这个世界最大的冤魂,他用他的生命换来的不是任何荣誉,他也没有成为这个时代的光荣楷模。即使在不小心之间成为楷模,也是成了一种别人不敢担当的活教材。在"义"与"勇"的面前,"命"是无与伦比的第一位,于是,"为"成了最稀缺的资源。人们以他为榜样,告诫一个又一个的年轻人,千万不要管闲事,一不小心你就会失去生命!

英雄的母亲来了,她跪倒在异乡的大地上,乞求苍天还她年少的儿子。除了漫天的雨,除了无边的泪,再没有什么可以抚慰她悲伤的内心。当她提出那个小小的要求,也被人决绝地拒绝以后,她抱着那个装着她儿子生命的小盒子悲痛地离去了。

其实,那个小得不能再小的请求,只能算作是一点小小的念想。我可以理解为她想见见最后见到她儿子鲜活容颜的人——那两个受害的女人。当初,电视上发布公告寻找证人时,许久不见她们去配合调查。后来,又要拒绝一个心碎的母亲。我无法知道其中的过程是否有难言的苦衷,只能在自己的生活里妄自地揣摩一下自己的良心。

许多年前,遇见坏人横行时,可以当作过街老鼠来打。如今,即使眼看着行凶的坏人,也只能视若无物,生怕自己一不小心就成了坏人伺机报复的受害者。榜样的力量后面,原来是让我们更加懂得生命的可贵，以致人们都忘记了所应遵循的"道"。

无数的英雄都死了，他们用自己的血肉之躯树立起的丰碑，正在被人们当作一种有利于自己的道具。人们疼惜他，爱戴他，但从不想成为一个他们那样的人。也许有一天，"英雄"只作为一种名词，存在教科书里。那么，许多许多年以后，许多人都将死于一种叫作"冷漠"的疾病。如果真让"邪不压正"这个成语在词典里隐居了，那将是人类的悲哀，时代的耻辱！

幸福是个比较级

每个人都会说，幸福是一种感觉，当你感到你自己是幸福的，就一定是幸福已经敲响了你的门。缘于幸福不是简单的物质堆砌，它与银行存款的数目没有太大关系，更与你是否住得起豪宅开得起好车没有直接关系，它更多是一种来自外界及内心的满足感所激发的身心愉悦。小至一花一叶，大至道法自然，或是嘤咛一动的情愫，或是久盼而到的喜悦，它们投射下来的光影被你的心灵感知到的美好，就构成了幸福的概念。

然而，太多的幸福却是因为比较而滋生的，我们在比较中得到幸福，也在比较中失去幸福。也许很多人都深谙不要与人比较的道理，可是，最难控制的也是与人比较的欲望。读书时比成绩比名次，工作了比名比利，甚至在家庭里也要比谁干的活更少，比自己家的孩子与邻居家的孩子谁更优秀，比自己的另一半与别人家的谁挣钱多。比来比去，得到幸福，也失去幸福。无论你怎么努力，这世界总还有比你优秀又比你更加努力的人，可谓是"山外青山楼外楼"。当你想要停下来休息的时候，许多人从你的身边甚至是踩着你向前去了，世界永远都是"沉舟侧畔千帆过，病树前头万木春"的繁华景象。于是，我们告诫自己，活成自己的样子，别人的角色都已经有人在演出了。

远离人群的时候，害怕；与人热闹时，更害怕。神灵和野兽，我们打不败，人，我们亦心有戚戚焉。这山高，那山更高，低头时，才觉得众山小，就难免豪情万丈一回。我记得我很小的时候，一生勤劳节俭的外婆，在我眼巴巴想得到某件东西时，她是这么安慰我的，她说，你看，有了那个又不是能胖一截，人过一天，我们也过一天。在物质匮乏的年代，能胖一些一直是多么美好的愿景呀。等以后长大些了，外婆又说，过日子要看着不如自己的人过，若是你天天看人家过得好的，怕一天也过不下去了。

外婆就是在与人的比较中，获得一定的幸福感，并把这种幸福延长到我身上。在贫穷的年代里，这果真是一剂良药，人家吃稀饭时，你有干饭吃是一种幸福。人家要靠吃洋芋来接青黄的日子，你却还有一碗干苞谷饭，这也是一种幸福。唯有向下看的时候，更有向上举的力量。我外婆用朴素的哲学道理支撑着走完苦难的一生，在她闭上眼睛的那一刻她得到了人世的解脱。往生如有极乐，菩萨一定会眷顾善良。

我在感觉到自己不幸福的时候，总是难免会想起我的外婆。想起她一生的疾苦时，顿时觉得自己获得幸福的方式太过矫情。我外婆的幸福在于获取物质之后的满足，而我的幸福像是永远在来的路上，在患得患失之间，被触摸被遗弃。比如，在隔壁老王家的女人把菜烧煳了的时候，老王高声痛哭妻子愚蠢时，而我恰好把锅里的肉也煮煳了，我的男人回来时，看着我可怜抱歉的样子，一脸温暖的笑，拍拍我的后脑勺连说我萌萌哒。万千种幸福便在比较中被收入囊中，只是苦丁它们的保值期太短了，总是无法以叠加的方式活着，让我成为一种被幸福的棉花包裹紧实的女人。

幸福与不幸福，总是通过比较的不断升级完成。衣食有忧时，比温饱，锦衣玉食时思淫欲，身心都长着一个填不了的窟窿。只要还有一颗向上的心，总免不得让幸福在比较里沦陷。好在，这个世界总是有个大大底座，总有一些人生活在苦难里，让你的比较一直是有效的。

也许每个人都应该在身体和精神上处于半饥饿的状态，在得到任何馈赠之礼时，才可能得到巨大的幸福。如果让一个人长期处于大多数人所追求的幸福境界里，幸福就会以折扣的方式存在。任何常态下的感知，都不会获得心灵的触动。无论是高处不胜寒，还是低处生诗意，都不会成为一个人幸福的源泉。在相同的日子"搓磨"久了，依旧要回到比较里，农妇想成为贵妇，贵妇也许还想要过上皇后的生活。人总是困于自己所没有的经历，虽不能至，心向往之。万死的比较，充斥着人的一生，没有的总想有，得到了还盼望，吃着碗里看着锅里的贼心，生生不息。

有时，我们不会因为自己拥有某种东西而幸福，却常常是因为别人没有某种东西而感到幸福。这种卑微的由比较而生的幸福感，却像一剂三九感冒灵，是生活的必备良药。失去的已经那么多，未来的日子，得到与失去交替而来，幸与不幸，难免要成为别人的一种参照物。比起世界上那么多历经战乱和贫病疾苦的人，我们已经很幸福了。看，我总是离不得这么一比。因为幸福就是比较级，我们都在比较里死去又活来。

悟道人生

读一些佛学的典籍,常常读到一些深刻的小故事,大凡都是讲某某禅师在某一时刻,受了某一特别启发,突然就开悟了。开悟是修行到达一心不乱以后而悟道的境界,回归到了自己的本源真心,悟到的正知正见。我并不知道开了悟的人是一种什么样的境界,只能从一些耳熟能详的成语中窥得一斑,比如:明心见性、醍醐灌顶、幡然醒悟,等等。推测得到这样感受的人的心灵,要么是困惑得到有效解决,要么是境界得到很大提升。这样的大悟,让生命打通了一种出口,让人心生欢悦,步步如莲,事事随喜。在往后的生活中,必定深受这种悟道的妙法好处。

每一个人生下来都是一个普通的个体,普通得如同一芥草木,但草木也应该有草木的精气神才对。人之所以异于草木,皆是缘于人类的思考。正是因为不断的思考和探索,才让人类文明有了进步的阶梯。灵魂的丰盈饱满,往往是通过后天不断的学习而积累的。失败、挫折、颓废、绝望,所有的经历都不会是白白经历,总有一天它会还给你一个公平的结果。在一只虫子的生命里,我们感悟到了人的生命的同一性,世间万物皆平等;在一朵花的盛开里,我们感悟到了事物的美好,生命的可贵;在一座山的面前,我们感悟到了雄伟的力量,以及自身的渺小;在一场无情的灾难中,我感悟到了生命的脆弱,懂得更加珍惜生命。任何时刻,只要用心体悟,就能发现不一样的风景,悟出不一样的道理。

生命的宽度和厚度,总是在不一样的生活中慢慢沉淀的。这便是

"读万卷书，行万里路"的意义所在。那些刻在眼底的风景，烙在心底的印记，总是在不经意的某天，就会成为我们前进路上的良师。成熟的稻穗低着头，那是在启示我们要谦虚；一群蚂蚁抬走一只虫子，那是在启示我们要齐心协力；一只雄鹰搏击天空，那是在启示我们要有拥抱高远的理想。除了这些可以触摸的直觉感知以外，更多的感悟也许来源于某一篇触动你心灵的小文章。闲情时刻翻开它们，就像是翻开了我们不一样的人生，从别人那里，我们更好更深地认知了自己。哲理的，让人沉思，悟得智慧；煽情的，引人入胜，悟得赤诚；励志的，催人奋发，悟得真谛。不一而足的得到，拓宽了我们的视野，让生命变得更加有质感。不再执念于某种得不到的痛苦，不再痴迷于某种得到了的喜悦，把生活的赐予，当作一种人生的修行，一边行走一边领悟。也许到了某一条宽敞的大河边，我们一下子就体味到了一滴水的最终意义，原来，一滴水只有汇入大河，到达大江，最后进入大海，生命才会有了永恒的意义。

  人的生命是有限的，但人生的智慧是无限的。同一件事物，一千个人，也许会有一千种答案。那是因为每个人的触觉和感悟不同，出发点不同，才有了不同的声音。即使是事物相反的两面，我们也能换位思考，抵达对方的困难，原谅对手的无奈。于是，生命就有了多种可能。不埋怨，不抱怨，始终相信上帝为你关上一道门必然会为你打开一扇窗的精神信条，我们要做的，就是把那道狭窄的窗户改造成一道宽敞的大门。

  佛法的精深，不在其中，不解其味。但作为芸芸众生，饱经世事沧桑，饱尝欢喜离别，懂得在人生五味中，需要用舌尖来体会酸甜苦辣。每一个不同的人，都各有自己安身立命的生活哲学，是否，我们都在自己和别人历经的世事中，得到了什么样的启示？一花一世界，一叶一菩提。生命，就是一个不断认知自己的过程，甚至于卑微生命在某种契机下展示出来的绚烂花朵，甚至于大师们面对死亡时流芳百世的铮铮铁言，甚至于"朝闻道夕可死矣"。圣人适合供奉于庙堂，普通人应该敞开胸怀，在他们留下的智慧箴言里，拥抱他们施予的福泽恩惠。

  我们在宽阔的人生海洋上前行，拥抱前车之鉴，成为后事之师。受到一滴露珠的启发，而得太阳的光辉，到达一种被称为人类智慧的丛林里。在成功的狂欢里，在失败的沮丧里，我们都应该有一种情怀，有能力在某一个涨落的点上，突然大叫一声：我悟道了！

我在你那里是什么版本

一句话，一件事，因为语气、场景、人物、对话、受众等千差万别，一传十，十传百，到了最后已经是面目全非的版本。你永远不知道，你听来的版本里，经过了多少人的嘴巴和耳朵，加上各色猜测与臆想，最后演绎成了完全山寨版，连个影子都与你无关。

问题是，即使这件事情与你无关，它们还得穿上你的衣裳，道貌岸然地站在那里，成为别人茶余饭后的谈资。然而，我们总是容易成为同谋者，美其名曰：谁不被人说，谁人背后不说人。一句话，就像销赃一样。只有当自己成为受害人的时候，才蓦然觉得"人言可畏"这四个字的分量。

年轻的时候，总是特别在意自己在别人口中是什么样子。常常被一些口耳相传之后变了味的言语，伤得体无完肤。伤心流泪痛苦憎恨之后还是要活下去，倒是对这些话有了超强免疫力。

当一个人对着另一个人的耳边吹气说，我只把这件事情告诉你，你不能告诉别人的时候，故事就开始了，越传越多的话，添油加醋的剧情，甚至是捕风捉影的猜想，都成了人们口中的八卦新闻。且传播的速度，不亚于广播电视台。

到了最后完全脱离事实的真相，甚至变成一种流言蜚语。有人却偏要冒充好心人，把这个事情讲给当事人听。受不了诽谤和中伤的人便一蹶不振，顿时觉得满世界对她都是异样的眼神。我们常常不能饶恕自己成为别人口中的那种人，便钻进死胡同里怎么也钻不出来，阮玲玉小姐，就这样死了。无数个阮小姐抑郁了。

善良，包括心地的善良和嘴巴的善良。拥有一颗慈悲之心的人，通常不会在背地里说三道四。而谣言亦是止于智者。世界何其大，世界又何其小。说人的好，别人知道是感恩，说人的坏话，别人知道是厌恶。栽花者，得满园芬芳。送人玫瑰者，手有余香。栽了满屋的倒钩刺，迟早有一天要戳伤自己的心肝的。

世界上本也没有什么大奸大恶的人，因为对待一件事情，或是一个人有不同的角度，而人心通常总是选择利己主义，才有了认识上的偏差。当我们把这种偏差放大的时候，恚怒随之而来，居心险恶的人便会借机把自己不喜欢的人妖魔化。在未认识一个人的时候，人们习惯选择用耳朵来认识，一些先入为主的印象由此产生。当有一天走近的时候才发现，不是那么回事儿。眼睛有时也会欺骗自己，别说是耳朵。正版，永远只有一个，盗版，那是别人的事儿。

许多年前，曾有一次在酒桌上的好玩经历，一小兄弟劝酒时说，姐，我听说你一上桌子就能喝十八大碗。上帝，我是武松他妈呀，我都不知道我有这么厉害！听过无数次传言我豪情饮酒的版本，唯有这一次最离谱。真是应了那一句话，在别人的嘴里，你永远不知道自己有多少版本。小小的酒杯里尚且如此，更别提生活中那些絮絮叨叨的旧事，得演绎出多少版本。嘴巴长在别人的身上，爱怎么说便怎么说。如果我还能像一阵风一样吹进你的生活，至少说明我不那么平庸。

故事，每一天都在发生，就像我们在每一条街道上都能遇见新鲜的灰尘。我们不能因为吸进灰尘对身体不好，就要停止呼吸。有害，有爱的人间，才是有滋有味的生活。只是有时候，在我们与自己独处的时候，别忘记了想一想，那一句许多人的同感：如果你的眼睛没瞎，请别用耳朵来了解我！换位思考一下，我们都做了什么。写八卦新闻是狗仔队的事情，我们就不用掺和了。

理智而成熟的人应该这么想，你说什么与我无关，好听的就算是我的，不好听的，全都是在说隔壁老王。我做什么亦与你无关，我做我喜欢的事，知我者何忧惧他不懂，不懂我者，关我何事。别人的版本真与我无关，我还是我自己。爱我的人依然爱我，恨我的人也不必改变。我不是人民币，不可能讨所有的人喜欢。所以我在你那里是什么版本，我一点都不介意。

亲爱的朋友，如果你正因此而困顿，还在为别人口中之言耿耿于怀，忧心忡忡，寝食难安，我也得狠心地下最后一剂猛药，忠告勉励一句：人人都那么忙，就别觉得自己有多重要，以为满世界的人都在关注你。不活在别人眼里，不忙于取悦别人，放下，一切释怀！

请把戒尺还给老师

不知什么时候，体罚教育退出了三尺讲台，全社会动辄就强调快乐教育，张口闭口寓教于乐。听上去，像是给我们的下一代——人民的未来、祖国的花朵，营造了一个良好的成长环境。殊不知，下一代作为这个地球上从未有过的物种——独生子女们，在他们的身上，我们究竟看到了什么。

第一代独生子女已过而立之年，一些人已成为社会精英中流砥柱，更多的人却在前赴后继地成为啃老族、寄生虫。那些年的舍不得和溺爱，终于让许多父母尝到辛酸。这些有计划地大规模出现的新人类，让许多家庭措手不及，被颠覆的又岂止是人类三观。可喜的是，这个可怕物种的继续态势终于要结束了。

物以稀为贵，因为贵，就看重，一看重，就巴不得能摘天上的星月给他。在家里舍不得重说，更不可能会接受老师们的惩戒。一听到孩子在学校受了委屈，许多家长就完全失去理智。我曾听到说得最多的一句话就是：这娃从小到大我都舍不得动一个指头，凭什么让他来教育。我很质疑：究竟你是圣人，还是你养的是圣人，从小到大的成长中难道从来就没有一丝过错？就真的没有咬牙切齿动怒生气痛下毒手的时刻？更或者应该这么说，正是因为你在家里的纵容，才让你的孩子在学校无法无天，你的家可以是孩子的宫殿，可以让他称王称霸，在学校能行吗？老师要面对那么多孩子，他拿什么来管理好他们？

师者，传道授业解惑也。私塾先生手里都要拿着一把戒尺，对不守规矩的学生是一种心理暗示。你敢不听话，先生就要揍你！这就像警察穿上制服，再挎把枪，有种仪式上的威严，让坏人闻风丧胆。可如今，因为有老师惩罚学生过分行为，就要因噎废食，完全卸下老师的武器，让他们赤手空拳地面对越来越金贵的学生。惩戒过量的老师是师德师风败坏，应有其他体制措施来处罚，而非成为"一竿子打死"的案例。

　　某年我曾在大街上的梧桐树上看见张贴的纸上，赫然写着出钱请人打老师的请求告示。那是一个毕业季，学生们刚从考试的紧张中放松下来，就想着伺机报复老师了。这是一个多么荒唐的现象，这样不公平那样不公平，它确实存在，可你能找出比考试更公平的选拔考量方法吗？就像许多人天天抨击这社会的丑陋现象，不是不可以，可你是否思考过你究竟在这社会充当了什么角色，你是不是在选择利己主义为自己说话，凡是有利于你的就是公平的，而从来不会站在另一面去换位思考一下。如果有一天，老师成为这个社会的弱势群体，于国于家，成何体统？

　　更可笑的是，一些家长觉得把孩子送进学校就算是老师的责任了，他们都很忙，忙着挣钱，忙着当官，忙着应酬，忙着打麻将。还大义凛然地对孩子说，我这一切都是为了你！到了收割的季节，他们想问老师要一个优秀的孩子。可是万千的土壤长出的庄稼，他能一样吗？

　　知子莫若父母，既然生下他，就要为他负责，陪伴才是最好的教育。《三字经》里就说："子不教，父之过。教不严，师之惰。"各行其责，才能井然有序，才有社会的良性循环。而对于那些淘气捣蛋的孩子，也别心软舍不得适当惩罚他。你种下什么因，就结什么样的果。这是老百姓从庄稼地里得出的真理：种瓜得瓜，种豆得豆。别等到有一天，你送你的孩子坐上火车去了远方的时候，才心中抱愧，觉得没能好好陪伴他。该爱的时候，不好好去爱，到后来，已经没有机会再去多爱了。

　　纵观人的一生，总是在不断让步，不断妥协。新生命到来时，幻想他成为天才。不能否认，每一个孩子都是天才，我们可以回头去想想孩子们曾经说过的那些天才般的语言。后来，正是我们一步步把天才毁了。想着他能上一个重点高中，如果不能，普通高中也行；普通高中上不了，四处托人能自费也行；如果四处不通了就希望他能找个普通工作；普通工作也待不住了，就觉得他不做坏事就行。当有一天发现他居然做了坏事，就再退到最后，觉得他不要杀人放火吸白粉就行了。天啊，这是一个多么可怕的圈套，我们被一步步逼着上路了。直到有一天，我们都老了，才回过头去想，如果当初老师手里有"戒尺"，严惩不贷，严加管教，这娃能变成如今的样子吗？

　　鲁迅先生的三味书屋里也有戒尺，他的启蒙老师寿镜吾老先生是一个博学多才而又严厉有加的人。所谓严师才能出高徒！孩子不是成年人，他们不懂得自律，必须由老师来严加管教才是。历历典籍中，影视画面中，都看得到拿着戒尺的夫子们，正是他们教育出了一代代栋梁之材。一味的让步，只能纵容了孩子的不端，让他们失去担负责任的能力。

　　戒尺也曾是许多士族大家使用的"家法"，它可以高高举起，轻轻落下。当然，使用戒尺也不是中国人的专利，细心的人不难发现，在各种文学读本或是名人回忆里，有诸多的惩戒方式，不一定是肌肤之痛，也可能是别出心裁。

　　教育的方式有多种，如果鼓励和快乐就能成就一个好孩子，就不可能有"学海无涯苦作舟"的名言。教育失去了必要的惩戒，就失去了"教"的意义，"育"就没有了存活的土壤。永远是一棵弱不禁风的幼苗，又怎么能成为家庭的顶梁柱，承担国家未来之重任。都知道新加坡的教育好，他们的中小学教室后面的墙上，也挂着一把戒尺啊。大英帝国的法规里也有这样的条款：允许教师在历经劝告无效的情况下，采取包括身体接触在内的必要手段，迫使不遵守纪律的学生就范。

  请把戒尺还给老师们吧！心中有"戒"，头上有"尺"，才能师出威严，高徒频出。国家应该赋予老师们应该拥有的权力，享受更好的待遇，获得更多的荣誉，尊师重教，师出有名。更应该把才德兼备的人放在师资队伍里，配置最优秀的社会资源来完成百年大计，培养出有铮铮铁骨有担当有大爱的下一代，才能让我们的大国、我们的小家有幸福的源泉，有快乐的资本！

人生最难过的两道关口

这一生，要闯过无数关口，历经几起几落，遭遇三穷三富，还未必能活得到老。我们总爱在豁达时说，把所有的磨难都当作一场修行，在匍匐的姿态里得到神灵的眷顾。也把过不去的生死当作宿命，痛苦时煎熬，幸福时忘记一切煎熬。

游戏的设置程序里有各种闯关，闯关不成功时，还有下一次。有时，人生亦如游戏一样，虽然是没有回程的旅行，却会遇见许多雷同的情节。遗憾的是，许多人沉入泥潭，不能自拔，亦不接受外力的助推。固执地坚守在狭隘的眼界里，任由客观事物的摧残，受尽百虐还想饮尽甘露。

比如，钱，比如，情。窃以为这是人生中最难过的两道关口。在身心了悟之间，若是你能过了，便天地宽敞，洒脱开朗，所向阳光，处处生辉。

然而，"人为财死，鸟为食亡"的俗言一语成谶，贫贱之处，事事悲哀。钱就成了通向幸福的一把钥匙，为了它，用尽脑力体力。年轻时不惜健康换得钱财，年老了再想用钱财去延缓生命。周而复始，生生不灭。

在没有钱的时候，钱最重要，因为它是生计，它能让人衣食无忧、住行有礼。但通常人们都把钱看得太重要了，即使到了手边有钱的时候，依然要把钱袋子捂得紧紧的。亲友之间的反目，大多因为钱财不清，你以为我占了你的便宜，我以为你多得了我的好处。每个人都认为自己是吃亏的一方，于是，矛盾来了。坊间于是又诞生新语：人亲财不亲，财白两分清。当世间所有的一切，都用钱来度量的时候，情就淡了。情淡了的时候，亲人就不是亲人了。

君可见两兄弟之间为钱成敌。人家兄弟是一锅里抓饭吃，一个奶头子上吊大的，彼此又会有多少计较，娶了两个尖嘴的女人进门，一个看一个不顺眼。为宅基地扯皮，为母亲分家当少了一个罐子，甚至为田地的远近，鸡毛蒜皮的事，吵得不可开交。贫穷所致，尚能理解。而有的人高房大屋，宝马香车，也来为一点小利益，争得打破脑门，顿觉世间无情。

与亲人争利，与外人更是毫厘无让。对卖菜的高龄老人，也巴不能多占得几片菜叶的便宜。抠一世，亦穷一世的人，处处都有。钱来之不易，就见谅了吧。但世间总有比你活得艰辛的人，在可以让心灵高贵的地方，何不倾下身子，听听苦难的声音。神总是会看见你的悲悯的。当有一天，可以甩开钱的手，不成为它的奴隶时，人生就会宽阔许多。

被世人说尽了的一句话：钱非万能，但没有钱就万万不能。钱不能买来健康，钱不能买来高贵，钱最不能买来真情。

唯有人间的情，无论走到何种境地，最难割舍的就是这情。亲情友情爱情，我们在各种情的包围簇拥里，父慈母爱，兄友弟恭，五湖有朋，四海情义，爱情圆月，弦有人听，收获幸福爆棚时的喜悦。也在它们的羁绊里，受尽折磨和苦痛。亲情的离别，友情的背叛，爱情的痛失，哪一样都是历历可数的伤痕。

人非草木，孰能无情。纵是草木，尚有四季。情无所归时，人生的关口就来了，渡过苦海，不至岸边的挣扎里，耗尽元气，伤了真情。在生命的血缘里，在心动和心痛的刹那间，情之所至，无往而不痛。无情不成为人，无情不足担君子之名，无情更不能成为大丈夫。

即使抛开了这些真性情的注脚，就连一丝人情都会成为障碍。国人爱面子，生怕在脸面上过不去。就连在微信朋友圈里想删除个不喜欢的人，都要顾虑重重。在虚拟的世界里尚且如此，更别说在生活的圈子里了。放不下的虚伪与情面，究竟耗去了多少无谓的应付，其中还包括许多人放不下的钱。明明反感一些人动不动就要向不熟悉的人发请柬，碍于情面还是去了，去了又不高兴了。一场欢喜的宴请里，本是要收获许多祝福之心的，却总有人带着许多怨怼而来。场面与情面就有了尴尬的气氛，又是情惹起的祸端。

人生总是这样，在一路前行时，一不小心就做了一个卖艺的人，不断在心底呼喊着，有钱的捧个钱场，没钱的捧个情场。因为需求茂盛，就往往受其绑架。一生被钱左右，一世被情所困。某天登录QQ时，忽然觉得马先生高明，这两个字就是钱和情的汉语拼音的开头字母。它亦成为网络里人们过不去的关口，一打开电脑，习惯了随手登录。有钱无钱不要紧，有情无情已随风逝。什么关口，都成了横在生命中的节，就爱它抚摸它，直到它们归顺为止吧。

朋友圈是个小社会

无论是同谋还是同盟，是谋取福利还是祸乱人间，为着共同的目标，我们需要绕成一个小圈子，结成革命的友谊。就像一个小社会一样，相互取暖，相互给力，各自分工，各自为阵。形成战斗的堡垒，有时也在堡垒里战斗一会儿。

在生活中，所有的生态都在自然与不自然之间，以物类相聚的法则形成一个圈子。微信的迅速成长，让朋友圈成为生活的一部分。貌似它是虚拟的存在，却无时无刻不在影响着我们的生活。从起床睁开眼睛的那一刻要摸过手机，到睡觉前要翻看朋友圈信息，敢情这像是皇帝每天必须批阅的奏章，几乎成了生活的常态。

这是一个全民写作的时代，每个人都可以通过微信表达心中所想。感悟生活，炫耀所有，秀美景美人美食秀恩爱，心灵所到，随手触摸，便各有去处。开放有度，这没有什么不好。它是个人的一种生活方式，可以当作未来可以回首的岁月。但因为朋友圈有了交集之后，也常常会有彼此看不习惯的时候，出于情面只好忍受，或者是屏蔽。事实上微信这种工具完全少了人际交往中的面子，不喜欢拉黑便是。若是相见，哈哈一笑了之，倒也落得轻松。

我们在生活中常说的"道不同不相为谋"，这句话到了微信圈就万分不适应。微信圈就是个小社会，形形色色的人都会遇见。甚至它可以称得上大江湖，因为卖狗皮膏药的也大有人在。既是江湖，就有了江湖的规矩，也就有了江湖的刀光剑影。总有些东西在飘荡过身旁的时候，会动了你的片甲。或是羡慕，或是嫉妒，或是不屑，或是厌恶，总有人活成了你的战友或是敌人。甚至有时为一个点赞，为一条评论，让人心有了苦甜，它照见别人的心，也照见自己的心。

如今，加个微信就像问你吃了吗那样家常。有的人可能自加上以后，就再无联系。有的人在默默地关注你，即使从无点赞。有的人即使被浩瀚的刷屏遮蔽了，也一定要专门点开头像，因为她住在你心底，你想知道她的行踪。另外一些熟悉的人，因为长期不互动不交往，慢慢也就变成了陌生人。

而有的人是你仰视和敬佩的人，是心中的高度，是老师。你带着一颗虔诚的心加了微信，希望自己能在别人的言行中，得到些启示。你只能看着那些处于同一平台上的人互动交流，彼此称赞。你也只能是默默看着，学习罢了。有些圈子即使你推开门进去了，另一道门也永远不会向你打开。因为你的价值对别人来说无足轻重，或者更不客气地说，你的存在对别人毫无价值。社会向来遵循彼此有用的价值规律，在别人尚没有一丝麻烦需要你帮助时，你只是一个麻烦的存在。人总是这样，麻烦着，利用着，有用着，彼此就成了战友。

既然是圈子，在你的高度未到达之前，再往前挤都是一个观众。如果老是往上面贴脸，有时就会失了自尊。不如做一个吃瓜的群众，看看是可以的，喝彩也是可以的，就别太拿自己在人前当回事了，因为在别人的眼里，你就不是什么事。但也不要因此而难过，社会群体向来以金字塔的形式存在。以匍匐的态度生活，以仰望的姿态努力，一些人的高度终会成你的榜样，他们散发的光芒会在某个时刻温暖你，成为生活的一种参照。而在另一些人眼里，你也许正是别人所要努力到达的高度。所以，活成自己的模样，一直是一件很重要的事。别人的角色都有人了，你就用心做好自己吧。

其实，也只是一种交往的小圈子罢了，实在厌恶了，挽起袖子丢开便是。凡事不必太过认真，又不为稻粱谋，急什么，争什么，怒什么。喜欢的继续互相喜欢，不喜欢的，一键拉黑。给自己一个干净的小圈子，让眼睛和心灵活得透亮。

他们死了,我们还活着

那场战争打响的时候,我还是个懵懂无知的孩子,对一群戴着大红花从战场上归来的英雄充满了崇敬和好奇。街道上人们载歌载舞,迎接一场战争的胜利。人们的歌声里有血染的风采,也牵挂着十五的月亮。才会说话的孩子,一开口都能唱上两句。大家沉浸在胜利的欢声笑语中,没有人会忙着去感知边关月亮的冷辉照在烈士们身上时的寒凉,也没有人知道,有多少战士在与母亲告别之后,就再也没有回来。

迎接胜利的欢喜渐渐趋于平常之后,一些惨烈的英雄故事慢慢传颂着,远的是司令员送两个儿子上战场的大义,近的是家乡的连长在战场上负伤,打穿了肚子,把肠子塞进去又接着战斗的事迹。他们都牺牲了,成了年轻的战斗英雄。还有那些从战场上捡回一条命,身体残疾了的英雄们,他们穿着旧军装接受阳光或是阴霾,过着只有他们才知甘苦的生活。当他们的命运与国家的命运紧密联系的时候,他们的生死就有了一层荣耀的光芒。

连环画,电影,书报上,处处是英雄的赞歌。人人激情高涨,个个满腔热血,想去为国捐躯,战死疆场。这对一个小女孩来说,它远比做白雪公主或是灰姑娘更有意义。我的英雄情结,就是在那样的年代种植下的,且愈长愈茂盛。从对绿色军营的向往,到被一切制服控制。我恨不能生为男儿身,可以在国家需要我的时候,背上炸药包上前线,做一个在课本里的英雄,或是邱少云,或是董存瑞。似乎只有那些,在我体内膨胀的崇高理想，才能有一个最正当的去处。

边疆的故事就像边关的月亮那样，升起又落下。战争的疼痛对一个小女孩来说，仅仅是一种英雄崇拜的直接端口，离鲜血和死亡仿佛有天远的距离。时间让我长大，但它没有让我成为一个我想要做的人，就连退而求其次，想当一名光荣的军嫂或是警嫂这种愿望也落空了。我的命运终是与英雄绝缘了，但我知道今天的生活是英雄用革命的鲜血换来的。自戴上红领巾的那一刻，我就庄严地宣誓过了。我在一次又一次的仪式里获得存在的认知，获取生命价值的认同感。只要我还是国家的一个公民，我就要有这个国家的忠魂。也只有如此，我才能救赎我心中永不破灭的英雄梦。

许多年过去了，我们在一场战争的结局里安享太平，战争所带来的疼痛感仅限于烈士们的亲人每年清明时祭奠的画面。疼了，痛了，也哭了。尤其不能忘怀一张让人瞬间泪崩的照片，一个七十多岁的烈士妈妈站在儿子的墓前痛哭，一双小脚支撑着她哀恸的残年，手扶在墓碑上，在向儿诉说这生离死别后的凄凉。儿子逝去二十多年了，她才攒够了去看一眼儿子的墓地的路费。这就是英雄的母亲，她失去了儿子，便失去了所能依靠的生活。好在，这张照片身后的故事，让这个苦难的妈妈在晚年才有了些生活的源头。这是一件让人悲欣交集的故事，故事的结局总是给人留下了希望和爱。

在我不断被遗忘和复活的记忆里，一直有个结，想去那些烈士陵园看一看。尤其在我的生命行走在接近腐朽的边缘的时候，我想去接受一次生命的洗礼。我知道，他们死了，我们还活着！但我们究竟以怎样的方式来活着，这成了一个值得思索的问题。和平、富足、价值、理想，这些词汇都需要放在天平上称量的时候到了。因为我们忘记的东西太多了，以至于产生了背叛初心的端倪。

我常常在夜深花睡时，思量在死与活之间存续着的这个空间，人们通常依靠一种叫作缘分的玄妙词汇来解释它。而缘分就像空气，它只管我们活着，却不管我们怎么活着。活得潦草的时候，便自然地想到了死。而到了死的边缘，却又万分想活下去。事实却常常这样，哪怕人们活得像根飘浮的羽毛，上帝却要夺去人们爱惜羽毛的能力。生死，永远是这个空间里最重大的命题，没有人能真正主宰它，包括那些在战场失去生命的烈士及还鲜活存在的我们。

车在崎岖的山路上行走了多久，被我在昏睡之中忽略了。但我清晰地记得，我走进麻栗坡烈士陵园的时候正是夕阳晚照时。高矗的纪念碑前，欧之德老师带我们回忆了那段他亲自参加的战役，这里长眠着他的战友，他几度哽咽，我们亦是泪眼茫茫。在英雄泪满襟的地方，人们应该长跪不起才是。鞠躬，或是再鞠躬，都成了一种轻微的礼仪。可在叩拜低头的那一瞬间，看见了沾满他们鲜血的土地；可在仰望抬眉时，看见了雄鹰翱翔天际的自由。而他们，永远地留在了这里。活着的时候，血气方刚地上战场，死了后，也义薄云天地守在这里。成为一段历史里最疼最痛的部分，留给亲人，留给战友，留给国家。一抔黄土，可长食粮，可埋英烈。从此，故乡，只在中国。

我沿着石级向上走的时候，墓地成了一片寂静的林，庄严而悲穆。夕阳的余晖正从山顶穿过树木洒下来，正好有一束光芒射在我的头上，像是得到某种神迹的眷顾，令我有种匍匐膜拜的冲动。这前后左右的英烈们啊，快来饮下这杯酒，快来喝了这杯茶，还应该有沉迷的花香，更应该有些冥币。如若真有另一个世界，他们应该活得潇洒而富足。他们还不应该有贫穷的亲戚，更不可能有贫苦的妈妈。这世间，又有什么是拿生命换不回来的爱呢？比起他们的死，我们活得实在太可耻了。不善待别人，也不恩待自己。许多人拿着一把钱的尺子，量着这人间最贵的情。量来量去，世间就凉薄了。在处处弥漫着腐朽气息的场域里生活的时间久了，自己也就发霉了。

一张张年轻的脸，一个个不忍卒读的生命。是一场战争定格的命运，让他们成为烈士。如果他们还活着，会是我们的挚友、师长、兄弟。我伸手去抚摸那一张张年轻的脸，像母亲摸着儿子，呼唤他回来吃饭，提醒他天冷了记得加衣；像姐姐摸着弟弟，让他别贪玩忘记了回家的路，让他回家要好好听妈妈的话；像是恋人摸着一段美好的时光，爱他一切，想给他一切。此一别，就成了永远的诀别，任思念成河，让疼痛成山。

战场还在更前方，老山，者阴山，及被用一些数字命名的高地。蜿蜒曲折的路上，一辆汽车以蜗牛爬行的速度载着我们，山峰，河流，低洼，被一些不知名的植物覆盖着。被炮火烧焦的土地，它们的伤痛已不再轻易示人了。就让一些种子，以萌芽的态度出土，长绿，茂盛，掩盖曾经的疮痍。和平的不易，被国家的烈士们用生命诠释了，今天的幸福和自由，曾经穿越过枪林弹雨，才来到我们的身边。

前面的山峰，就是敌人的炮火的聚集点，薄雾浓云，山峦绵延。这本该是一处胜景，可览众山小，可观日月出，却成了一个战场。这是一件多么残酷的事啊，如果把一切美好的毁灭都归于悲剧的话，那么，这里埋藏着许多无人知晓的悲剧。而我们正是享受了悲剧之后的人生欢喜的人，是他们用生命捍卫了祖国的边疆，用鲜血浇灌了脚下的土地。直立的云梯上，空身走几步都是气喘难平，而战士们却要以百米冲刺的速度穿越火线，送去供给的弹药食品物资。那些无法想象的战争场景，在我的眼前一幅幅铺开，流血，呐喊，牺牲，失败，胜利，最后都归于寂静。我小心地抚摸着战壕里生长出来的青苔，这样的绿，总是带着许多哀伤，它们太像刚受过伤的小战士的脸。

在所有的影片中，我无端地抵制战争片，无论一场战争的意义如何，总是用一些人的生命鲜血淋淋换来的。死了的人，永远长眠了。活着的人也活得悲壮，总让我莫名地想起一个将军举枪自决时的惨烈。最动人的是那些在危难中滋生出来的生命关怀，兄弟战友情。在危难中滋生的爱，在生死线上所展现出来的人性中最光辉的品格，它们就像硝烟弥漫的战场上迎风开放的黄色小花，灿然而美好。

欧老师说，过了这条界线，那边就是越南了。他说，这边，那边，这个山头，那个山头，都是主战场。站在瞭望的亭子里，思绪万千，如飘浮而来的雾，笼罩着我冰凉的身体。举目四周，像是电影里的慢镜头，那一座座用鲜血打下的高地，他们穿过枪林弹雨的脚步似乎还在耳畔；曲折的云梯上，是一条条用汗水浸染的天堑，他们冒死前进勇者无敌的精神还在眼前。猫耳洞里的家书，还揣在妈妈的怀里；火线上的入党誓词，还在战士的心中铭记。祖国的山河还在，人民的幸福还在，我的梦想还在，只有他们死了，这重于泰山的死啊，就成了祖国西南边陲的一道道伤疤，醒目地镶嵌在肉里。

回程的路是洁白的，有一种被雨水冲洗过的锃亮。在清醒清明的心里，总该是下过了一地厚厚的雪，阻隔了红尘无数，掩盖了一地丑陋，也点燃生命的光芒。无论活得多么艰辛，走过的路终将可以入诗入药，用来怀念，或是警醒。正是因为有人拿着火炬，才有在黑暗中前行的步伐，才会有胜利和黎明，才会有伟大和不朽。在英雄长眠的地方，向生活致敬，向和平致敬！他们死了，我们还活着！活着的样子，应该有红旗高高飘扬的仪态，应该有碧血丹心的赤诚，应该有气壮山河的雄心。

|第六辑|

月出皎兮

春天的开学寄语

过年的余味还在舌尖上绵长的时候,春季学期就开学了。

听说,没做好作业的同学们聚在奶茶店抄作业,或是通过作业帮神助。为应付作业,同学们也是套路深深呀。当然,绝大多数同学都是邻居家的乖孩子,上进、阳光、懂礼。其实,我好想回到从前当一名学生,一想到没完成的作业就像末世降临,拼命生死地在豆瓣大的煤油灯下赶作业。即使被家长打骂了,也还要边哭边写作业。因为在心里最敬畏的永远是老师,不能不完成的必然是老师交代的作业。

我不知道老师们对没完成作业的学生们采取什么措施,但一定更多了些对老师的批评毫不在意的学生。要不,就不会有没完成的作业。迎着一脸朝气的孩子们进出校园的大门时,作为一名中学生的母亲,我好像是到了需要说点什么的时候了。

好几个开学季,朋友圈都被龙应台写给儿子安德烈的一段话刷屏。借此,我必须再拿来重温一遍:"孩子,我要求你读书用功,不是因为我要你跟别人比成绩,而是我希望你将来会拥有选择的权利,选择有意义、有时间的工作,而不是被迫谋生。当你的工作在你心中有意义,你就有成就感。当你的工作给你时间,不剥夺你的生活,你就有尊严。成就感和尊严,给你快乐。"这是值得每一位家长牢记并把它们深深种植到孩子们身上的理念,只有你足够优秀,你才有选择的权利。被迫的选择永远带着痛苦和不安,而快乐永远来自内心的满足和成就。

所以，孩子，你应该在每一个年龄段不负华年，以一颗蓬勃饱满的心迎接每一天升起的太阳。请自觉自愿地接受老师们传播的新知识，在书本中找寻自己的乐趣。当老师们在讲台上教你们涨姿势的时候，请一定不要做出坠落的态势，那样，会加重老师身体和心灵的负担，更会影响到其他同学向上攀登的毅力。沿着书籍的阶梯，一步一步向前，只要肯攀爬，就一定会有抵达的高度。待有一天回头的时候，你可以在开阔的气象里收获豪壮的情怀。颜如玉和黄金屋，它们永远居住在书本里。物质的幸福是瞬间的，只有精神的高照才会是永恒的。

孩子，无论你拥有什么样的出身，都不要为此而骄傲或是自卑。若能站在巨人的肩膀时，你就更不能做一个矮子，辱没了你口中含着的金钥匙，你应该用它来打开你未来人生的大门，帮助更多的人实现他们的价值。若是你出身寒微，你就更应该肩负振兴的重任，让自己成为一个巨人，带领一个家庭甚至一个家族，到达幸福的彼岸。一定要做一个有责任心的孩子，你一定要相信自己，你小小的身体里携带着一个小宇宙。你的努力不仅能改变自己的命运，更能关乎日渐衰老的父母们的中晚年幸福，更甚者便能改变你的族类、你的国家的前途命运。

"少年强则国强"是一种期许，更是一种重任，一个民族的崛起，一种希望的升腾，匹夫都有责任放眼未来，立大志者成大器。孩子，游戏能让你愉悦，但绝不要沉迷其间。浅尝辄止，长此以往，你会拥有强大的自律。而懂得自律一定是一个走向成功的人必然具备的品德之一。大丈夫之所以能有所作为，是因为他明白大事小事的轻重，知道活着的主线是什么。

一定要相信自己，相信自己能成为一个对社会有用的人。"天生我材必有用"不是一句消极的浪漫主义，它是通过努力之后发现自己价值的一面镜子。一块土地，种不了稻米，还可能种土豆，种不了土豆，也许可以种小麦，一定有适合它生长的种子，让人看到绿色和希望。所以，不一定非要你追求优秀的成绩，成绩只是一种传统的考量，社会多元化的价值需要不同的人才。但你一定要拥有保持专注的兴趣，才能抵达你想要的生活。

大好的春光，一年又一年，长大是没有商量的事。而你是否成长了，成熟了，这是你的努力的结果。心中时时有"悟"，脑中时有所"思"，做一个爱动脑筋的人，便能听见自己拔节的声音。一定要记住，懒惰是万恶之源。一年之计在于春，春天的播种，才会有夏花的绚丽，秋叶的静美。

对孩子们说了那么多，我还是应该跟家长们掏几句心窝子。因为在自我检测考评中，我认为我是一个称职的母亲。假期里除了督促孩子完成作业之外，我还让他和小伙伴一起背了《长恨歌》和《寒窑赋》，让他们在学业之外明白理智与情感的原生模样。背完《长恨歌》我问他们是否会长恨我时，答曰：不恨你，但恨白居易。我知道，当有一天，他们成为大才子迎接别人仰慕的目光时，他们就会原谅我的邪恶。

我们都知道陪伴是最好的爱，可许多家长为了生活都那么忙碌，毕竟活着是那么不容易的事。希望在孩子成长的关键时期，别因为自己的贪玩而缺席了。若是因为工作，也许会被树立成一种榜样，打着为人民服务的旗帜，高大威猛。但别为了一时的玩心，一时的欢愉，就忽视了陪伴孩子的成长。大人尚且不能自我管理，孩子更需要家长的管理和引导。

种瓜得瓜，是农民的一种愿景，也适合用在养孩子身上。别总是举些特别例子来推卸责任，天赋异禀的人确实存在，但这种好运也不会凭空降临到谁的头上。我们都是普通人，而且更擅长的是把一个天才亲手毁灭。所以，当你的孩子在学习之外对某种正当东西产生强烈的兴趣时，请保护好这种珍贵的兴趣，千万别剪断了孩子飞翔的翅膀。你要相信，有一天，它也许能把你为他保留的这扇小窗改造成通向世界的大门。

当看着孩子如菜薹般生长的身体时，我像是听见催老的春风在嘶喊。好在，作为母亲，这是一种欣喜的感慨。这世间最幸福的事，莫过于吃到自己栽种的树上结出的硕大果实。不知不觉间，孩子比我高了，孩子这学期就要中考了。我像所有唠叨的妈妈一样，总是试图让孩子明白些什么。有时，甚至是他教会我明白了什么。在对抗、叛逆与原谅、成长中，我们共同进步。我希望所有的孩子们身体和精神一起强壮，无论是否能出类拔萃，但他必然要像一株植物，永远向着有光的方向生长。

开学前，看到八中的张菁菁老师发了一段话，她说："三年的最后一个学期了，一百天倒计时，要最努力，要最有担当，要最无悔。愿6月8日，你们合上笔盖的刹那，有着侠客入鞘的骄傲。"我像是看到一群努力奋斗的学子们走出考场长舒了一口英雄气，脸上带着武艺高强者笑傲江湖的神情，身后的世界，风起，云涌，我自横刀向天笑。

高考不是独木桥

高考分数一下来,朋友圈里就炸开了锅。比的拼的撕的,似乎每个学校都在拿出自己的看家本领向社会请功,以保持荣誉或是争取生源。诚然,学校和老师为学生的成长付出了辛勤的劳动,他们是这个社会值得尊敬的人。但专门以分数论英雄的做法实在没有一点新意,我倒是更愿意看到有这样一天,学校的光荣榜上多出一个栏目,对那些考场失利的学生踏入社会所建立的光荣业绩进行传播,以鼓励学生们的另一种成长。

国家以学而优选拔人才,这是一种相对公平的考试。但难免会有挂一漏万的情形,君可见历朝历代里,在科举考试中名落孙山的人,比如有韩愈、李时珍、金圣叹等。现在社会我们耳熟能详的马云同学,第一次参加高考,数学才考了一分,这个成绩在今天让我们的数学老师情何以堪呀。若是我们的孩子,我们又当如何自处,与邻居的小孩一比,顿时就会愤怒成狮子。后来,他们通过自己的努力,成了举世瞩目的人,名留青史,彪炳千秋。他们曾经的失败,都成了光环下面的小插曲,不足为道。

考场如战场,每一年的高考,千军万马同上战场的壮观和惨烈,是这个国家独有的现象。考场外要降低噪音,要防止一切意外,整个社会要为高考保驾护航。仿佛孩子一生的幸福都维系在高考的分数上,被妖魔化了的高考成了六月里最大的谈资。校园里离别时淡然的忧伤尚未隐去，又为各奔的前程而焦虑。几家欢乐几家愁绪，终在一场要命的分数里。

那些年，农村的孩子要走出大山，除了读书一条道，似乎并没有其他的路途。寒门学子的壮志豪情，皆维系在一个分数上。分数改变了命运，分数决定了你及你的后世子孙未来在户口簿上的成分。城市里的缤纷生活，成了无数人奋斗的目标。华山之道，难于上青天，终是有人攀登了，沿一条幽深险奇的路，开启了一扇扇幸福之门。如今，条条大路可通罗马，就是当年在班级里最调皮捣蛋的同学，也能通过自身的努力，摇身变成了富豪。与他的财富相比，当年的分数顿时成了泄气的皮球。

世界的距离只在手掌上的年代，又何苦为考得不好的分数而忧心忡忡呢？高考不是独木桥，即使是独木桥，那又怎样，无非是为了到达彼岸的工具。彼岸有传说中的美好，但到达的方式有多种。能从桥上通过是最稳健最安全的方式，然而，冒险者的泅渡，聪明者的绕道，甚至愚者的移山填海法，哪一条不是可以到达的路途呀。三百六十行，行行出状元，哪一个行当都有勇敢者奏响的凯歌。永远不要被人蒙上眼睛当了一辈子的驴，在原地推了一生的磨，老了还被主人卸磨杀驴。

高考只是一生中要走的若干路途的一段，它是另一个起点，从这里出发，人生有无限可能。只要你一直不肯放弃努力，没有什么是不可能的。我还是相信那句话：上帝为你关上一道门的时候，必然会为你打开一扇窗。一块地，总有适合种它的种子。知道自己能干什么，选择，并坚持，你就赢了。

街道拐角处的幸福

许多许多年了,我从这条街经过,在街道拐角的地方,总能看见一对不平常的夫妻。男的驼背,女的身材矮小,他们有时在忙碌着,有时坐在破旧的小凳子上,共同看着一部手机,吃吃地笑。旁若无人的幸福洋溢在烟火色的脸上,干净而纯粹。

我每次从这里经过,最愿意注目停顿,常常觉得多少华服名裳之下的精致美好,也抵不过他们粗衣陋衫不停劳作的美丽。在我走神之间,耳畔突然传来嘭的一声巨响,一股爆玉米花的香味儿迎面扑来。童年的许多味道顿时停在我的舌尖上,毫不犹豫地买下些,回到家里与孩子津津有味地分享起来。

无论刮风下雨,无论黄昏夜幕,他们就像这条街道上的两棵树一样,准时地站在那里,成为一种别样的风景。更多时候,我觉得他们的存在,是打开这个城市里居住的人的童年记忆的钥匙。行色匆匆的人们循着香味在这里驻足,也许他们都如我一样,在爆米花的香味诱惑中,有童年深处某个冬天的影子。

那时,走村串户的"炸花匠"背着一口黑砂锅在村里一吆喝,馋涎的小伙伴们从屋檐下钻了出来。风箱拉得山响,火苗子跳成欢快的舞蹈,我们在嘭的一声里获取幸福的秘密。三角钱一炮的爆米花,家家户户都能消费,这廉价的美味伴我们度过了一个又一个冬天。有时,许久没有"炸花匠"光临村里了,我们就异常地想念那口黑黑的砂锅,它在红红的火焰上摇啊摇，滚啊滚，一张开口来，它就会喷出我们想念的滋味儿。想念的时间久了，就自己在火塘里炮制土法爆米花，吹了灰往嘴里一放，香味儿弥漫舌尖，但总是赶不上那口黑砂锅里炮制的香味儿。

这对夫妻在这里多少年我不记得了，他们是我记忆中一直就存在的风景。然而，当听说他们买二十万的房子付得起现金时，还是让小城的人震动了些日子。当这种传说经过风的嘴巴越吹越离谱时，我决定去做一次贸然的造访者。这个世道本末倒置的事情太多了，人们不去关心他们付出的汗水，但对汗水的回报却有着无与伦比的好奇。

他们从五角钱一袋的爆米花开始，一块、十块、一百，慢慢地积累，有多少玉米经过他们的手变成了爆米花已成历史的秘密。只有他们知道五毛钱流转的程序，要经过多少道手才能变成五块钱。二十万，一个天文数字，然而，就是这对身残志坚的夫妻用他们勤劳的双手积攒下来了。有了房子以后，他们的身心就与这个城市融合了。多么励志的生活呀！有多少啃老族，有多少游手好闲之徒，终日在虚度光阴。我有什么理由不去歌颂这些像阳光一样照耀我生命的他们呢？

当我问及他们相识的经历时，男的女的都不好意思地笑了，笑容之间的甜蜜无处可躲。男的说是他走村串户当"炸花匠"时认识的。几十公里的山坡上，一个勤奋的小伙子总会遇上另一个勤奋的姑娘的。像极了童话故事里的结局，从此，王子和公主幸福地生活在一起。然而不同的是，生活的真相是一种艰辛的历程。但在这个过程中，他们都是生活的强者，齐心地把握了航向，他们在向命运抗争的过程中获得了幸福。

如今，他们的两个女儿，健康美好，一个上高中，一个上初中。言及孩子，他们喜形于色，幸福在街道拐角处绽放如花朵。比起不能在银行办理按揭贷款，比起城管偶尔的光临问候，在他们的辛勤劳作中，样样都成了和风细雨。秩序就像风一样，吹过他们的脸庞，转身向树的方向。一切，对他们来说，已成为一种自然。他们按照自己的方式，活得尊严体面，活得令人艳羡。

摸摸自己健全的躯体，在一个天文数字面前，我们时时都是萎缩的。只有他们，做了这个时代的"愚公"，不仅实现了他们的理想，还给我们生活的这个世界提供了一种精神动力。看着他们忙碌而充实的生活，想想我们虚度的华年，在人生之路倦怠灰暗时，在生命之花经历寒冬时，我们还有理由放弃未来吗？

诚愿他们的幸福之花开得弥久常新，愿他们的生活就像他们手中的爆米花那样，温暖灿然，天天香气袭人。

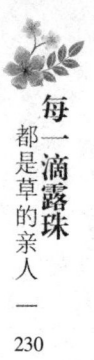

富人的生活

我有一个破旧的小本子,上面密密麻麻地记录着我与这世界的收支往来。姓名,日期,金额,借贷关系,一一在案。从一九九九年至今,从未间断过。早些年,几乎都是借入的款项,近几年,又是借出的款项居多。之所以保持这样的清晰记录,大概因为我曾是一名会计师。

这许多年来,我大多处于囊中羞涩的境地。从资助弟妹们读书开始,到蜗居的按揭,再到如今一有万元的银行存款余额即被借走的日子。有时,我甚至会因为自己没有钱借出拂了别人的意而懊恼,嫌弃自己是个没用的人。这种感觉有点类似小偷进了一间白屋,主人因没什么东西可让别人偷去而有些羞耻。为了消除对自己的嫌弃,所以我愿意活得很努力,夫妻之间偶尔会互相调侃一下对方说:你若再不努力,就配不上我了!一种共同成长的愿望始终支配着我们向前进。

但是,再艰苦的日子,我也一直觉得自己是一个富足的人。我曾写过这样一首小诗,标题叫《富人的生活》:连续一周的雨/每天都有人来找/不是借钱/就是担保贷款/还有,读书、看病、托人/一直到周日的晚八点/雨尚未停下,电话急响/耳聋的侄儿打工被骗/没了回家的路费/还好,我的亲戚们都没有为难我/他们从未开出过天大的数字/让我囊中羞涩/所以,我一直像个富人那样活着。

因为感激那些年在我穷困的时候,别人对我的不吝帮助,所以我从来不敢怠慢别人对我的请求,但凡有一点余力,心必所致。在别人言说信用危机，借贷不良时，我几乎没有遇到过被人拒绝的情况。倒是有一次，因急用现金，与朋友说好相借时，他把款项准备好，结果连同手机也一并忘记在车上。我因找不到他，从另外的朋友处应了急，最后被他相骂很久，说我不讲信用。

我很感激朋友们对我的信任和大方，并常常与人分享一句话：所谓舍得，有舍，才会有得。这世界从来没有无缘无故的爱恨，世界遵循物理学的定律，你怎么对它，它就会怎么对你。

只是有时我也有手足无措的时候。比如，曾有朋友手术前交给我的信封里掉出的遗嘱，曾有同事病重时要托付女儿的事，更有高龄的外公在病床上要把他那三个年幼丧母的孙子交给我。这些沉重的托付，我又哪里经受得起呀，可我又怎么敢拒绝呢？我每一时刻都不敢怠慢生活，我害怕我的疏忽会辜负了别人的信任。好在，许多有惊无险的事都慢慢过去了，所谓吉人自有天相。我们都认真地活着，然后认真地老去。

在清风袭来时，在水波兴起时，我常常会沐着阳光深深呼吸，为自己的日渐富足的生活而涌起小小的得意。我不是真正意义上的富人，然而，我又觉得我是那么富有。此生，不为稻粱折腰，不为权势低头，与书做伴，有墨香浸染，得良师益友相助，性融良善，身正心宽，哪里都是春暖花开。富人的生活，也莫过于此吧。

姑父的神秘黑皮包

村庄里谁家来了客人，到了晚上就全村的人都知道了。来的这些客人中，毛脚女婿们是来得最勤快的了。通常他们背着背箩来，看上去很重的样子，背箩里都是些孝敬岳父母的东西。其实也就是些酒、糖、面条、鸡蛋之类的东西，但在农村，这些已是算能拿得出手的东西了。

我的姑父一年也会来上几次，他与别人家的女婿不同，他每次来，总是挎着一个大黑皮包，方方正正，鼓鼓囊囊的样子。而且他穿戴得很整齐，蓝颜色或是黑颜色的卡其布的中山装，连脖子下面的那一粒纽扣也扣得严严实实的，上衣的口袋里永远别着一支钢笔。因为他与别人家的女婿不同，他是国家干部，在城里的大工厂里工作。

他一进家门，就冲着我爷爷叫"爹、爹、爹"，叫得勤快。爷爷的哮喘正犯得厉害，抬起头看见他的那一刻，眼睛亮了起来，高兴地叫奶奶给他做汤圆或是下面条去。但我几乎没有听到过姑父称呼我奶奶"妈"的声音，后来才知因为我姑妈抗拒她的后娘，这种情绪就传染给了我的姑父。即使后来姑妈生病了，奶奶不遗余力地帮她照看两个孩子，最后奶奶也只是落得一个"她外婆"或是"老外婆"的称呼。但这些对奶奶来说，似乎已经够了。我也因此而对姑妈有了一种抗拒的心理。我的心永远和奶奶在一起，凡是不喜欢奶奶的，就是我不喜欢的。

姑父坐在爷爷的旁边，他那只黑色的皮包很神秘地摆放在一边，他一边和爷爷说话，一边拿出一罐一罐的蜂蜜，或是什么鱼肝油、麦乳精之类的东西。这些在农村里见不到的东西就成了稀罕的宝贝，它们一样一样被摆放在橱柜上，很醒目，很诱人。姑父与爷爷攀谈了一会儿后，才又想起我们这些小鬼头来，一个一个叫到跟前来，拉拉抱抱，摸摸头发和脸蛋，然后转身拉开那个神秘的黑皮包，把水果糖和饼干分发给我们吃。吃完以后，我们站在窗外往里探看，目光总是免不了要落在那只黑皮包上，心里猜想着那里面究竟还有什么好吃的东西。

姑父洗脚的时候，我悄悄地离那个黑皮包近了些，才要一伸手去摸那个黑皮包时，姑父叫我了，吓得我把手赶紧缩回来。心一直跳得厉害，像是自己做了一个小偷似的。姑父去睡觉的时候，把那只黑皮包也提到楼上去了。这样，我想一探究竟的念头也就成了泡影。但有我这种想法的人，似乎还远不止我一个。

第二天一早，姑父发现他的皮包被人翻过了，潦草狼藉的作案现场让姑父有些难堪，而我的父母脸上更是挂不住了。姑父翻看了一下皮包，似乎该给的东西都给了，包里就是有限的一点零钱。我妈一伸手就把她的小儿子抓过来，拿起门背后的条子就要打。结果，大斌比兔子还溜得快，他边跑边说："我没翻着，不信你问我哥哥。"大辉见我妈的条子，吓得赶紧说："是我翻的，不是大斌翻的。"一条子过去刷在了大辉的腿上，他疼得跳起来，哇哇大哭个不停。

我妈说："还以为你最老实，原来你才是鬼！"姑父赶紧拉着我妈不让她打我弟弟，打是不打了，但停不下来训斥的声音。她说："你告诉我，你要翻什么？"大辉一边哭一边说："我只是想看看皮包里还有什么好吃的，结果什么也没有。"这种哭笑不得的结果到了我妈这儿，只能以不断地赔礼道歉结束。

我妈对我姑父说："大姐夫，害羞了。整了对不住你，要是外人么，脸往哪儿放呀。都怪我没管教好他们！"姑父越发不好意思起来，吃饭时一人给了我们一元钱。他说他的皮包里什么也没有了，只有这几块钱，给我们拿着到街上买水果糖吃去。我们抑制不住内心的欢喜，赶紧伸手就去接。我妈一声"不准要"，又把我们吓住了。推来倒去，那钱还是到了我们手里。我姑父才一副如释重负的感觉，但我妈的脸色就不大好了。至于爷爷和奶奶，倒是满心欢喜的样子。我估摸着爷爷觉着这毛脚女婿处事得当，既不小气，又不伤和气。

后来，我听见大斌质问哥哥："你几时起来猫去摸皮包的?"大辉说："我想尿尿，起来就顺便去摸了。只可惜一样吃的也没摸到，还害我挨打。"大斌说："我早就想去摸了，可惜我一睡着醒来就到天亮了。"我心里一阵暗喜，再不为我心里存着的那点秘密而脸红了。至于我妈一发现事端，就想要打她小儿子的举动，我也全然理解了，知子莫若母！还好，她不知道我心存着的那些小心机，要不，她准是要骂我又不守女儿家的规矩，一点儿也不像个姑娘家家。自那以后，我们再没有想打开姑父的黑皮包的愿望，但它依旧是神秘的。他每次提着来，又提着回去，我们都在猜想，里面的夹层里肯定还藏着很多宝贝。

就这样活着

目光穿过门口的矮墙，我看见她正认真地划篾编着竹篱笆，旁边凌乱地堆着一些碎柴，离她不远处摆放着一个竹篮，有种随身起来就要去地里找猪菜的感觉。她的身后还是那间住了好几十年的屋子，长时间的烟熏火燎之后变成了一间黑屋，散发着腐朽和不安定的气息。然而，她的神态却是那样安然。

很多年了，她与她的房子构成了一个家的整体，就像那座房子的柱子一样，牢牢地支撑着这间小屋。她的儿孙们都从这里走出去，走回来。出生，死亡，嫁娶，悲悲喜喜地把一切呈现在她的小屋里，她的生活中。

听到我的笑声，她抬起头来，高兴地从屋子里搬出凳子让我坐。这个我称呼为奶奶辈的老人，整整85岁了，还耳聪目明，手脚麻利。许多不为我所知的故事，经过她没牙的嘴巴，一点一点地传递给我。她平静地说着，我不平静地听着，殊不知她慈眉善目的神态里原来隐藏着一段段不平常的岁月。

从前，我只知道她是地主家的小姐，识文字，知书香，懂礼仪。村庄里的人说起她的时候，最标志的说法是：她是识字人，我们是睁眼瞎。他们并不曾知道，她十几岁就加入了地下党组织，十八岁就当了基层行政村长。当说起那些年争夺胜利果实的时候，她的神情里还闪烁着革命的光芒。

在我的印象中，有着这样经历的一个老人，本应该是领着国家离休工资、享受着特殊待遇的呀！而她却守着自己的贫困，安然地一天天活着，一天天老去。我问她为何不去找组织的时候，她说她想过，但因为能证明自己身份的那些证件已经被老鼠嚼成一包纸了。而当时她的哥哥有了工作，作为一个阶级成分高的人家，被"文化大革命"整怕了，生怕自己的一点点差错就会毁了哥哥的前程，所以她宁愿选择沉默。

说起这些往事的时候，她像是在讲述一场别人的故事，既无埋怨，也无不满。我抬起头看着矮墙的外面，有拉着牛经过的，有赶着羊走过的，他们也如我们这样，每天都上着自己的班讨着自己的生活。然而，未必我们的心境一定比他们踏实幸福。

在每个人的活法里，谁也不能证明自己的生活一定比别人更有意义。这个我称呼为奶奶的老人，她把自己的苦难过成了一笔笔流水账，把手里能握着的幸福都编成了竹篱笆。当篱笆上长满牵牛花的时候，她一听到门前小黄的叫声，就知道是她的拖着长辫子的孙女回来了。多普通的念头呀，却化成一种叫作幸福的东西，从这位饱经风霜的老人的眼里流出。

其实，许多人也都如她这样活着，甚至还不如她这样活着，而她是看懂了那一季季的庄稼枯荣的人，所以，她才感恩地说老天每多赏赐她活一年，就能多看世道一眼。

也许人的一生，就只在一哭一笑之间。中间的长度，往高了说，它是价值，往低处说，它就只是活着。换了时间，换了地点，每一个人都在自己的平凡经历中慢慢老去。只是有些人受上天的垂爱多些，而有的人却受到的冷落多些。但对待生活的态度应该如老人所言，不问苦不问累，伸出十个指头，就能窥知每个人长短不一的人生。明白了这些，到底还要抱怨些什么呢？就这样活着吧，心安身安地活着。平常的人长些平常的智慧，不平常的人长些不平常的智慧，没什么不好！

那一年我中考

那一年，我十五岁，正值中考，也是这样淫雨霏霏的天气。我妈说，若是我不好好考试，将来就有可能嫁到大山上，黄泥搭棚过一辈子。还敢嫌弃雨天扳烟叶淋湿了全身，还敢嫌弃吃苞谷饭满嘴跑，还敢说从山上背柴火比抬棺材板还重，统统没门儿。

在我妈的训斥里，我像一条刚被人从水里逮起的鱼儿，抖鳞壳颤地等待命运的宣判。是被宰杀还是被放生，全在一场致命的考试里。我清楚地记得我考数学的时候，待我谨慎地做完前面的题目，老师开始倒计时，我还有最后一道大题没做。那一刻，耳边就响起了我妈的话，双手开始不听使唤。

更可怕的剧情还在后头，当我说大题还没做完的时候，我妈笑着的脸顿时上了一层锅烟子。在我爸宽厚温暖的安慰里，我亲眼看着我妈像是要拧出雨水的脸上乌云密布，她活哩哩地把那一肚子说滥的话吞了回去，仿佛我的担子也在那一刻有了喘息的机会。除了政治一直是我的弱项外，其他皆大获全胜，物理化学英语几乎接近满分。数学卷子上所有做出来的，全对了，但不是平时的正常水平。也许是因为太有压力太紧张，所以没发挥好。可见一颗放松的心有多重要，一个仁爱豁达的妈妈更是给力，当然亲切温厚的爸爸也很重要。像我奶奶说的那样，一个家庭里，一颗毒药总得要有一颗解药，要不，你怎么让娃娃们活好呀。

回忆这些的时候，我没有要责怪我妈的意思。但我知道若是她看了

我这么写，必然要拿大巴掌拍死我。不过，我也习惯了，这些年一直被她这么恶狠狠地爱着，爱得很深，也很疼。如今，她年岁大些，开始温暖慈爱的时候，我又在心头涌起许多难过，像是看见一只老虎痛失了利爪。

今天的娃娃们金贵了，全家人巴心巴肝地为一场考试操心着，生怕有一丝闪失。雨下多了，怨恨天公不作美；晴好了，又嫌弃知了的叫声。恨不能接进一个U盘，在娃娃们的脑袋上完全录入所有科目，只盼望着在人生的这一次重要答卷上，有个满意的分数。即使不能巴望着能上曲靖一中，也得可以上宣威一中、五中、六中、八中，再不济也得上了高中分数线。实在上不了，也少差几分，可以花点钱自费读个高中。大人们的底线总是一点点往后退去的，为了让娃娃们有一个好点的前程，愿意举全家之力来成全。

可怜天下父母心，尽在考场外的脸谱里，娃娃们出考场时的神态，决定了父母的欢喜哀愁。三十年前，看父敬子；三十年后，看子敬父。父母上半生的成败，已是定局，而下半生的幸福，却在很大程度上仰仗娃娃们的创造。所以，我们不辞辛劳；所以，我们不顾风雨；所以，我们付出所有，只为了在我们的少年身上看到未来。

当然，考试的成败也不能完全决定孩子们的未来，但自古这是一条被踏平的阳关道，沿着它走，可以少些荆棘之苦。少年不更世事，不能体味父母的良苦用心，总是嫌弃他们是一件夏天多余的棉袄。待自己为人母，才知他们的不易，渐渐明白了他们手中的棉袄是在为冬天做准备。要知道，在冬天能有一件棉袄穿在身上，是一种多大的幸福呀。正因为有人替你担待着付出着，你才可以安然地享受着。

那一年，我中考，发挥不算正常，但我还是以高榜之位直接上了中专，成为我们那个小村庄里第一个有了铁饭碗的人。这件事，成了我们家最大的荣耀。后来，我弟弟妹妹们，侄子侄女们，一个个就走到了山外。榜样的力量是无穷的。我为自己少年时的努力而无悔，也感激我妈对我的严厉苛责，我终是长成了他们喜欢的样子。至于没有上过高中，没有上过大学，成为一种轻微的遗憾。我知道有一天，我的孩子会帮我完成这个夙愿。

祝愿中考的孩子们都能考出好成绩，给社会、学校和爸爸妈妈们交一份无悔的答卷。记住，即使你不能出类拔萃，也请一生保持积极向上的学习态度。只要你足够努力，总有一天，生活会把你应该得到的幸福赐予你。你幸福了，这个家就和美了。

娘和她的土地

端午节前一天,娘来了,背着她背了好些年的一个破旧的背篓。背篓里装着我的节日,里面有艾叶、蚕豆、蒜头、鸡蛋和各种新鲜的水果蔬菜。

一进家门,她就忙着把背篓里的东西一件件往外拾,嘴里边说着这些东西的来历。她说这艾叶,隔壁的大娘在端午节那天去街上卖,一元钱一棵,忙着过节的人们不一会儿就哄抢完了。这蚕豆今年收成不大好,为了这个节日,她泡了一些出芽的蚕豆,给我们炒着吃、煮着吃、炸着吃。还有这鲜艳的红嘴桃子,去年才栽下,今年就结了几十个,味道不同以往的桃子,因为它的树苗产自千里之外的红河。

娘的土地里仿佛会长出金娃娃,她拿着锄头镰刀出去一趟,就刨出许多能换钱的东西。在娘的眼里,这个家就是从土地里生长出来的。所以,她厌恶邻居们趁她不在家时,以各种不同的方式侵占她的土地。尽管我们一再表示对那几亩薄地的不在意,也丝毫不能动摇她对它们的热爱。她要一辈子留守在她的村庄里,保护着属于她的土地。

娘没日没夜地在她的土地上劳作,才五十岁的时候,娘就常说她的膝盖疼痛。医院鉴定的结果有滑膜炎和风湿,甚至说是类风湿。听说哪里有良医,费尽周折也带着娘去,可终是不见好转。

娘嫌上儿女家的高楼腿脚疼痛,往往才住几日,就忙着回到她的土地上去了,好像她的疼痛在自己的土地上就能得到有效的缓解。她甚至还上到高高的树上去摘果子，爬到楼顶去换漏雨的瓦片。我不知道那时候娘的腿有多疼痛，我只知道娘做这些的时候她很开心。

每每担心娘的腿疼时，她总会立即列举出村里几个有腿疾比她更严重的婶娘们。她说你看谁不是这样过日子的，哪里都会有疼痛，小病小灾的会有谁天天要说着讲着呢？说得我惭愧不止。在娘的坚强面前，我那些小悲伤小情怀又算得了什么呢？何况它们只可能与风与花有关，略微沾些草沾些露，就让娘埋在她的土地里吧。

娘挽起她的裤管，用她自己泡制的药酒擦着膝盖。娘说，这些生长在阴暗角落里的千里马，确有奇效，用它们泡酒，是消炎杀菌的良药。娘曾泡一瓶来给过我，起初，我有些嫌弃它黑乎乎的液体。后来亲自实验过才发现，对于皮肤，它们确实比药店里那些说得天花乱坠的药膏强多了。娘总是对民间的偏方保持着很高的兴致，她说她带大那么多孩子，小时候病了痛了，没有谁是输液过一次的。如今，这么小的孩子，一去了医院，这样检查那样化验，最终都得输液才能好。

娘说完这些，重重地叹息了一声，边把她的裤脚慢慢往下放。我这时才发现，三十摄氏度的高温，娘竟然还穿着秋裤。我扇着扇子，直说天气好热。娘说她不热，若是脱了秋裤，她就冷了，她不能让自己产生没有穿裤子的感觉。

多少年了，娘无论在多热的天都穿着秋裤。我知道，娘在夏天穿秋裤是有来历的。每年收割麦子的时候，娘在她的土地上从早忙到晚，那一茬一茬的麦子，娘的镰刀一挥，它们就归顺在娘的手里，任娘捆绑抱揽。娘用细细的绳子，背回一剁一剁的麦子，她的膝盖跪拜过每一寸土地。娘说，刚收割过后的麦田，新的麦茬有些锋利，她一跪上去，就戳伤了膝盖。若是穿了秋裤，就多了层保护，尽管热些，但就少了些疼痛。

娘说得好生轻松，而我的膝盖似有一阵阵的疼痛肆意地席卷过来。如今，娘的麦田让给别人耕种了，她却再也脱不下她的秋裤。穿上它，娘觉得她还一直与她的土地亲近着。

银杏为什么不叫金杏

才走过秋水长天,银杏树就渐渐上了色,一天少一点绿色,一天多一点黄色,像是一个顽皮的孩子在慢悠悠画画儿。在你不注意之间,这个孩子就举着一幅金灿灿的画儿,扑面而来。举目四看,半城的金黄色,美奂山顶上,金晃晃醒目。那一树一树的黄,像是给绿色镶嵌上的一颗颗宝石,璀璨夺目。振兴街,龙堡街,街街都有银杏在撒欢,有扫街的、漫步的、拍照的……阳光穿过金黄的树叶,炫成一个个美丽的小宇宙,在镜头里,在发间,在心上。处处都有狂欢的女子,从这条街到那条街,从这座山到那座山。银杏不再只是作为诗的意象存在,它画了一道优美的弧线,扑进人们的生活。

在阳光正好的午后,仰头看一株银杏映入蓝色的天空,在黄与蓝的深邃与亲密之际,时光顿时凝固。风轻轻吹过,几片叶子缓缓地飘落下来,像是从天空撒下的金币。远处,一个环卫工人正在辛苦地扫去这满地的金黄色。我总是遗憾地认为当美好以垃圾的形式存在,是悲剧的另一种呈现。在抬头低头之间,扑啦啦的黄,漫过心间,入驻鼻息。帝王家的颜色,向来有着无可抑制的强势。忽地就想起了这银杏的名字,为何如此别扭?它在树上是金黄的,落在地下是金黄的,满树的金黄,满地的金黄,直逼眼前,直驻心间。难道当初给这银杏命名的人是色盲不成?它应该叫金杏才更贴切呀。

正在我嘀咕之间,我家少年说,妈妈,不对,更贴切地说它应该叫金扇。你看,它多像一把金色的小扇子。仔细一端详,果真如此。然后他又发出了一连串的提问,其中包括中草药的命名、天际星球的命名,还有一条河流的命名,以至于他为什么叫那个名字,我又为什么叫这个名字。在我们之间引起了一场关于命名的讨论。

命名也许就不是什么学问,更没有什么必然要遵循的规律。所见者所知也,爱怎么叫,便怎么叫。通观周围物事,也没有刻意地考证过它的来源。通常以先来者的叫法为惯例,后来者遵守延续,便成了约定俗成的东西。就像我被叫作叶浅韵或是大彩,或是CC或是DC,或是其他什么花花草草,我家的宠物也可以被命名成这样。叫什么不重要,重要的是,人们知道你在叫什么就对了。

于是,就有了这满街的金黄被叫作银杏,它以名字来区别于别的植物,并被人们广泛认知。在我骤然想起银杏结的果确实是银白色的时候,我这种形而上的想法随之又被打破。它为什么不可以叫银杏呢?我只是盯住了叶子,而人家是看到了果实。如果是事物的规律,当是过程与结果的关系。有人说过程的美好是享受,走过就美丽过。又有人说结果才是关键,没有结果的过程是徒然的浪费。那么在银杏的叶与果之间,又当是如何的因果?也许每一个人都是短视的,在所能见到的视野里,自以为是。就像我以为银杏应该叫金杏一样,我只是看见了树木,没有看见森林。窃以为,无论过程与结果,当它处于行走的当下时,它对于我们的生活就是有效的交集。我们不能因为看不到银杏的果就忽略了叶的美丽,也不能因为只喜欢果实的用处,就不能以一颗诗意的心去驻足身畔的风景。

为着自己知识的短板,顺手查阅了下资料。这涨姿势的感觉让人脑洞大开,"度娘"永远以开放的姿态,让人知道她所能知道的一切。银杏又叫公孙树,有"公种而孙得食"的含义,是树中的老寿星,也被称为白果。你看,它又被叫作白果,白色的果实。这么简单粗暴有效的称呼,就像一个村庄里对山间植物的命名一样。许多年过去,我们发现植物词典里根本没这样的名字。然而,村庄里的人都知道我所指的事物是什么,名字的作用,便也在于此罢了。

至于银杏的药用价值、经济价值、生态价值及文化价值,我就不一一列举了。一片银杏叶的美丽,已惹得那么多人欢喜如潮,不远千里去贵州,风尘仆仆去双河。哪里的银杏黄了,朋友圈里的人都争相得了传染病。如此,可见美的魅力永远年富强壮。我想象不出,在许多年后,从东街到西街,金黄满地之后,果实累累,又当是怎样的一种美。如果金黄满地的铺陈被认定为一种别致脱俗的美,那么环卫工人们的辛苦就可以略去了。到那个时候,我还会想起我不大年轻时曾傻傻地追问过银杏的命名吗?